U0083803

古典詩歌研究彙刊

第八輯

龔鵬程 主編

第 11 冊

王 維 詩 學

王 潤 華 著

國家圖書館出版品預行編目資料

王維詩學／王潤華 著 ― 初版 ― 台北縣永和市：花木蘭文化
出版社，2010〔民 99〕
序 4+ 目 4+144 面；17×24 公分
（古典詩歌研究彙刊 第八輯；第 11 冊）
ISBN 978-986-254-319-1（精裝）
1.（唐）王維 2. 唐詩 3. 詩學 4. 詩評
851.4415   99016398

ISBN - 978-986-2543-19-1

9 789862 543191

古典詩歌研究彙刊
第八輯 第十一冊   ISBN：978-986-254-319-1

王維詩學

作　　者	王潤華
主　　編	龔鵬程
總 編 輯	杜潔祥
出　　版	花木蘭文化出版社
發 行 所	花木蘭文化出版社
發 行 人	高小娟
聯絡地址	台北縣永和市中正路五九五號七樓之三
	電話：02-2923-1455／傳眞：02-2923-1452
網　　址	http://www.huamulan.tw 信箱 sut81518@ms59.hinet.net
印　　刷	普羅文化出版廣告事業
初　　版	2010 年 9 月
定　　價	第八輯 20 冊（精裝）新台幣 28,000 元

版權所有・請勿翻印

王 維 詩 學

王潤華　著

作者簡介

王潤華，美國威斯康辛大學博士。曾任新加坡國立大學中文系教授、主任、臺灣元智大學人文及社會學院院長、中文系主任，現任元智大學國際語言文化中心主任。研究專長為中西比較文學、唐代詩學、中國現代文學及東南亞華文文學。著有《中西文學關係研究》、*Ssu-K'ung T'u: A Poet-Critic of the Tang*、《司空圖新論》、《沈從文小說理論及作品新論》、《魯迅小說新論》、《老舍小說新論》、《從新華文學到世界華文文學》、《越界跨國文學解讀》等專書。王潤華也是著名詩人與散文家，重要作品有《內外集》、《橡膠樹》、《南洋鄉土集》、《山水詩》、《秋葉行》、《把黑夜帶回家》、《王潤華自選集》、《熱帶雨林與殖民地》、《榴槤滋味》、《人文山水詩》等，曾先後獲得《創世紀》二十周年紀念詩獎、《中國時報》散文推薦獎、中興文藝獎、東南亞文學獎、新加坡文化獎及亞細安文學獎。

提　要

　　本書突破傳統，有系統地挖掘王維詩學。發現從「桃源行詩學」、「青綠山水詩學」、「無我詩學」、「漢字語法詩學」、「密碼詩學」、「遠近法詩學」、「立體詩學」、「日想觀詩學」、「經變畫詩學」到「景物空間移動詩學」十種詩學，不是各自獨立的存在，而是一種共同體、一種閱讀王維方法的有機組合，具有超文本網絡的功能，就如燕卜蓀（William Empson, 1906-1984）所建立的七種多義性（ambiguity），雖說有七種，卻是共同構成一種多視野的閱讀方法，既可用來閱讀王維，也可用來閱讀其他詩人，肯定帶來突破性的、無限廣大的詩歌閱讀與想像的空間。

目次

自　序

　　我在威斯康辛大學（University of Wisconsin）周策縱老師門下的學術專業訓練，其實是唐代詩學。也曾在新加坡國立大學教了將近三十年的唐代詩歌。最早於一九七二年完成了博士論文 *Ssu-K'ung T'u: The Man and His Theory of Poetry*（Department of East Asian Languages and Literature, University of Wisconsin, 1972），後來根據該研究基礎，完成兩本書：第一本是用英文出版的 *Ssu-K'ung T'u: A Poet-Critic of the T'ang*（Hong Kong: Chinese University Press,1976），第二本是《司空圖新論》（臺北：東大圖書，1989），然後又把司空圖的《二十四詩品》翻譯成英文 *Sikong Tu's Shi-pin:Translation with an Introduction*（Singapore: Occasional Paper Series No. 100, Department of Chinese Studies, National University of Singapore,1994），有系統地研究與撰寫唐代詩學的著述，一直是我最大的學術興趣與野心。

　　唐代詩學中的王維是我最感興趣的詩人之一。在我三十年的教學研究學術生涯中，指導過許多學位論文。例如在新加坡國立大學中文系的畢業論文中，就有《王孟並稱說研究》（劉程強，1981）、《王維詩中的色彩研究》（賴品光，1978）、《王維輞川隱居生活及其〈輞川集〉研究》（林全宋，1983）、《王維佛理詩研究》（林啓懿，1993）、《古詩話與現代批評對王維評價的比較研究》（鄭賢順，1995）等。與學

生一起討論這些課題，使我思索過很多複雜的王維詩學問題，就是沒有時間寫出一本有關王維詩學的專書。

三十多年以來，教書、研究、指導研究生寫學位論文，王維始終是我最感興趣的作家，王維的詩歌及其理論，也對我創作現代詩具有深遠的影響。我從一九七三年重返南洋的熱帶叢林，參考的是王維「桃源行詩學」、「日想觀詩學」、「經變畫詩學」想像的方法，我書寫熱帶叢林與殖民地，亦有「青綠山水詩學」、「無我詩學」的審美模式，至於詩的表現藝術手法，存在著「密碼詩學」、「漢字語法詩學」、「立體詩學」的投影。

本書的撰寫計劃，思考了很久。一九九二年臺灣的中國唐代學會舉行唐代學術會議，中國的唐代文學學會，同時舉辦國際會議，我受邀發表論文，便開始了本書的第一篇〈王維桃源行詩學〉，原題爲〈「桃源勿遽返，再訪恐君迷」？：王維八次桃源行試探〉。第二篇是〈王維密碼詩學〉，靈感來自《司空圖新論》中的〈晚唐象徵主義與司空圖的詩歌〉，二〇〇二年，參加臺北大學的中國文哲當代詮釋國際學術研討會，提交論文〈解讀唐詩的密碼〉。二〇〇四年五月，在日本本棲寺舉行的文學與佛學交匯國際研討會，則是宣讀了〈唐代「日想觀」下的夕陽〉，後來發展成〈王維日想觀詩學〉。今年（2006）九月元智大學舉辦宗教、文學與人生國際研討會，我又撰寫〈「經變」後的山水：王維與敦煌壁畫的山水意象〉，成爲〈王維經變詩學〉的底稿。我的王維詩學的整體結構，於此逐漸大致形成。

本書所提出的王維十種詩學，只能代表我個人幾十年來閱讀、詮釋王維詩歌及其寫詩方法的理解。在〈輞川別業〉中，顏色具有魔幻般的生命力量，它是走動的：「雨中草色綠堪染，水上桃花紅欲然。」王維藐視形式，試圖通過對空間與物象的分解與重構，重建繪畫性的空間及形體結構。與繪畫最大的相似，就是把空間抽離，如〈送梓州李使君〉「山中一夜雨，樹杪百重泉」平面化的景象；或創造出同時性視象，將物體多個角度的不同視象，結合在畫中同一形象之上，如

「大漠孤煙直，黃河落日圓」的景象。王維詩中的瀑布、夕陽等自然界景象，具有非中國本土的想像與哲學思維。而常出現的田園都是西方極樂淨土的景象，佛教式的想像成爲王維詩歌表現的媒介。因此，王維的詩學淵源，是多重中心的。

王維從中國文學傳統文化想像出發，以「桃源行詩學」開始走進中國的田園山水，使田園山水「烏托邦化」。但是王維的宗教想像「日想觀詩學」、「經變畫詩學」給他的山水詩帶來超越現實的魔幻景象，在無限的空間思考如夢如幻的人生與大自然，使山水詩具有多層複雜意義的結構。王維作爲畫家的想像，把「青綠山水詩學」、「遠近法詩學」與「立體詩學」，帶入詩歌裡，建構不同景物的形狀與顏色，使山水藝術化。最後王維的「漢字語法詩學」、「無我詩學」、「密碼詩學」，把象形文字具體的視覺、象徵意義，無我、無時間、普遍性的文化符號，無窮盡、忽隱忽現地出現在山水詩。王維的詩學結構具有多重中心，又好像沒有中心結構，一如大洋蔥，複雜地難解。本書提出的這十種詩學，也是閱讀方法，肯定能帶來突破性的、無限廣大的王維詩歌閱讀與想像的空間，也爲我們發掘了唐代驚人複雜的前衛詩學。

本書所論的十種王維詩學不是各自獨立的存在，而是一個共同體，一種閱讀王維的方法組合，具有超文本網絡的功能，就如燕卜蓀（William Empson，1906～1984）所建立的七種多義性（ambiguity），雖說有七種，卻是共同構成一種閱讀文學的方法。

王潤華

2008 年 2 月於台灣元智大學

第一章　王維桃源行詩學

一、我去清理牧場的水源：
　　從卷首詩出發的研究

　　美國現代詩人佛洛斯特（Robert Frost, 1874～1963）是二十世紀的田園詩人。他長期生活在美國東北新英格蘭的鄉下，晚年更愛住在佛爾蒙特一片三百英畝農場上的一間小屋中。他多數的詩以這地區的農村和牧場作背景，鄉土味極濃。不過他沒有淪為膚淺天真的田園主義者，他的作品往往以區域性的農村題材開始，然後昇華到象徵的境界，最後的結論是全人類的主題與智慧。

　　佛洛斯特的第一本詩集是《少年心事》。第二本詩集《波士頓以北》出版時，其中有一首詩題名為〈牧場〉，後來他不但把這首詩放在再版《少年心事》的扉頁上當作詩序，以後自己整理出版的詩選及《佛洛斯特詩全集》，都置〈牧場〉於扉頁上，作為卷首詩。〔註1〕

　　美國學者林狄佳（Frank Lentricchia）在撰寫《佛洛斯特：現代詩學與自我的景物》時，認為〈牧場〉是作者邀請讀者進入他詩中田

〔註1〕 *A Boy's Will*（London: David Holt, 1913）, *North of Boston*（London: David Holt, 1914）。〈牧場〉（Pasture）譯文取自趙毅衡譯《美國現代詩》（北京：外國文學出版社，1985）。原文見 Edward Lathem, *The Poetry of Robert Frost*（New York: Holt, Rinehart and Winston, 1976）, p.1.

園經驗的一張請帖。通過這首詩，詩人有意無意地揭露他基本的詩歌技巧與意圖。〈牧場〉的全詩如下：

> 我去清理牧場的水源，
> 我只是把落葉撩乾淨，
> （可能要等泉水澄清）
> 不用太久的———你跟我來。
> 我還要到母牛身邊
> 把小牛犢抱來。它太小
> 牛舔一下都要跌倒。
> 不用太久的———你跟我來。

詩裡有兩種聲音：詩人引導讀者進入詩集的聲音，及農人邀請某人參與農家日常生活的聲音。身兼詩人與農人的佛洛斯特，鼓勵我們了解建造在詩中的田園世界。〈牧場〉中的兩種工作：清理（cleansing）與抱來（fetching）說明佛洛斯特對大自然與詩歌的基本態度。清理水源，是指詩人整理和詮釋經驗的想像力。至於「抱來」或「牽帶」，表示詩人要把世界上弱小者帶進安全的屋子裡。詩人的旅程，來往於屋子與泉水之間，所以他說「不用太久的」；「你跟我來」是呼喚讀者一起體驗他的田園生活。

〈牧場〉不但告訴我們佛洛斯特怎樣探討景物，而且洩露了詩中的重要意象，如小溪、木屋、樹林。林狄佳就是憑著〈牧場〉這張請帖走進新英格蘭農場的小溪、木屋和樹林，找到了佛洛斯特的「自我景物」與詩論。

在這裡不必細說林狄佳對佛洛斯特詩歌如何分析，又如何把他定位為一位現代主義作家，要指出的是，他說卷首詩〈牧場〉與佛洛斯特其他作品有母子關係，替我們提供了一個很好的研究角度與方法。在許多詩人的作品中，如果能找到這種母題詩，就等於找到一把可以打開那個詩人作品的鑰匙。〔註2〕讀了關於清理水泉的〈牧場〉，我禁不住想

〔註2〕Frank Lentricchia, *Robert Frost: Modern Poetics and the Landscapes of*

起王維的〈桃源行〉，它與王維其他的作品一樣也具有母題的關係，這也是一首「卷首詩」。可是至今尚被人忽略，難道是因為「桃源勿遽返，再訪恐君迷」的緣故？雖然如此，我還是想重返王維的桃源世界。

二、峽裡誰知有人事，世中遙望空雲山： 王維桃源行詩學的開始

　　王維的詩集是他逝世後，才由弟弟王縉蒐集出版，他本人不可能把一首母題詩放在卷首。如果與佛洛斯特的〈牧場〉比較，〈桃源行〉與王維其他作品的關係要密切得多，因為〈桃源行〉幾乎每一個段落，都隱含了王維詩歌中的一個母題或主要意象。在現存的《王右丞集》中，王維除了〈桃源行〉一首描寫桃源之旅，其實還有七首直接寫桃源之行的詩，如果把其餘七首與最早的〈桃源行〉相互對照，更能全面了解「桃源」這母題與王維詩歌世界之關係及其重要性。為了討論的方便，我先將八首寫桃源行的詩作，根據其在《王右丞集》出現的先後次序摘錄如下：〔註3〕

　　〈藍田山石門精舍〉
　　　　落日山水好，漾舟信歸風。
　　　　玩奇不覺遠，因以緣源窮。
　　　　遙愛雲木秀，初疑路不同。
　　　　安知清流轉，偶與前山通。
　　　　捨舟理輕策，果然愜所適。
　　　　老僧四五人，逍遙蔭松柏。
　　　　朝梵林未曙，夜禪山更寂。
　　　　道心及牧童，世事問樵客。
　　　　暝宿長林下，焚香臥瑤席。
　　　　澗芳襲人衣，山月映石壁。

Self （Durham, N.C.: Duke University Press, 1975），pp.23～43.
〔註3〕本書王維詩全引自清·趙殿成箋注《王右丞集箋注》（上海：上海古籍出版社，1984年6月新一版）。

再尋畏迷誤,明發更登歷。
笑謝桃源人,花紅復來覿。

〈桃源行〉
漁舟逐水愛山春,兩岸桃花夾古津。
坐看紅樹不知遠,行盡青溪不見人。
山口潛行始隈隩,山開曠望旋平陸。
遙看一處攢雲樹,近入千家散花竹。
樵客初傳漢姓名,居人未改秦衣服。
居人共住武陵源,還從物外起田園。
月明松下房櫳靜,日出雲中雞犬喧。
驚聞俗客爭來集,競引還家問都邑。
平明閭巷掃花開,薄暮漁樵乘水入。
初因避地去人間,更聞成仙遂不還。
峽裡誰知有人事,世中遙望空雲山。
不疑靈境難聞見,塵心未盡思鄉縣。
出洞無論隔山水,辭家終擬長遊衍。
自謂經過舊不迷,安知峰壑今來變。
當時只記入山深,青溪幾度到雲林。
春來遍是桃花水,不辨仙源何處尋。

〈酬比部楊員外暮宿琴臺朝躋書閣率爾見贈之作〉
舊簡拂塵看,鳴琴候月彈。
桃源迷漢姓,松樹有秦官。
空谷歸人少,青山背日寒。
羨君棲隱處,遙望白雲端。

〈送錢少府還藍田〉
草色日向好,桃源人去稀。
手持平子賦,目送老萊衣。
每候山櫻發,時同海燕歸。
今年寒食酒,應得返柴扉。

〈春日與裴迪過新昌里訪呂逸人不遇〉
　　桃源一向絕風塵，柳市南頭訪隱淪。
　　到門不敢題凡鳥，看竹何須問主人。
　　城外青山如屋裡，東家流水入西鄰。
　　閉戶著書多歲月，種松皆老作龍鱗。

〈和宋中丞夏日遊福賢觀天長寺之作〉
　　已相殷王國，空餘尚父溪。
　　釣磯開月殿，築道出雲梯。
　　積水浮香象，深山鳴白雞。
　　虛空陳妓樂，衣服製虹霓。
　　墨點三千界，丹飛六一泥。
　　桃源勿遽返，再訪恐君迷。

〈口號又示裴迪〉
　　安得舍塵網，拂衣辭世喧。
　　悠然策藜杖，歸向桃花源。

〈田園樂〉（七首之三）
　　採菱渡頭風急，策杖村西日斜。
　　杏樹壇邊漁父，桃花源裡人家。

除了這八首詩直接描寫桃源外，還有許多作品，都有明顯桃源之旅的行程及桃源之境界，例如〈青溪〉就是一個例子，全詩如下：

　　言入黃花川，每逐青溪水。
　　隨山將萬轉，趣途無百里。
　　聲喧亂石中，色靜深松裡。
　　漾漾汎菱荇，澄澄映葭葦。
　　我心素已閑，清千澹如此。
　　請留盤石上，垂釣將已矣。

詩中前四句所述的桃源世界，與上引桃源詩的第一及第二首的前四句是完全一樣的。其餘有所變化，那是因為王維的桃源世界有好幾個不

同的境界。如果把〈青溪〉、〈寄崇梵僧〉、〈寒食城東即事〉、〈過香積寺〉、〈遊感化寺〉等有「桃源行」之結構與意境的詩都算進去，那麼王維的桃源行，就不止八次。

正如佛洛斯特把〈牧場〉印在他的各種選集和全集的扉頁當作卷首詩，前面所引八首有關桃源行的詩，都適合當作王維詩集的前言，比〈牧場〉更能說明詩人的表現手法及詩中的自然世界。讀王維的詩，一定要從這組桃源行詩出發，它提供了一條正確的途徑，一個適當的視野。

可是，我至今沒看見有人細讀王維這八首寫桃源行的詩，來建構田園山水的詩學，並據以解讀王維的全部詩作，這樣便不會了解王維詩歌世界與桃源世界之關係。我們不能停留在「峽裡誰知有人事，世中遙望空雲山」的隔膜狀態裡，我要嘗試根據王維桃源行詩學的法則進入桃源世界一趟。

三、漁舟逐水愛山春，坐看紅樹不知遠： 王維的無心之旅

上面摘錄的八首桃源行的詩，只有兩首的寫作年代可考。〈桃源行〉作於唐開元七年（719），當時王維才十九歲，這一年他參加京兆府試。他的仕途生涯要在二十一歲考到進士後才開始。另一首〈口號又示裴迪〉是天寶十五年（756）作的，那時他已五十六歲了。所以在八首詩中，〈桃源行〉顯然是最早的作品，同時也是描寫王維桃源之旅最完整的、最具代表性之作。〔註4〕由於是王維青年時期之習作，而且以陶淵明（365～427）的〈桃花源記〉為本事，一般人不怎樣重視它。在細心比較之下，發現陶淵明的桃花源只是一個逃避亂世的、沒有兵災人禍的空想樂園，一個政治烏托邦；而王維的桃源是一個神仙境界，他避開寫實的細節，通過靜謐、虛幻、奇妙的境界，表現一個屬於宗教的、哲學的烏托邦，一個仙人樂土。住的居民，都是「初

〔註4〕 同註3，下冊，頁 550 及 556。

因避地去人間，更聞成仙遂不還」的居民。

肯定〈桃源行〉之重要性，只是近十年之事。一九七七年在臺北《淡江評論》上余寶琳的〈王維的無心之旅〉，獨具慧眼地指出，〈桃源行〉的焦點是關於尋找、接觸與理解大自然的過程，而不是旅程的終點。因為漁夫不知距離、路程與目的，所以他進入了桃源世界。當漁人是無心的、沒有目的，他便與大自然和諧地打成一片，隨意把自己交給無窮的河水，沿著彎曲的幽徑漫無目地走去。

他的無心無意，使他自由又自然地與山水融合一體；無知無為的旅程往往把人領入啟蒙與悟化的境界。可是頓悟後的漁夫，他放棄桃源，然後用理性的、自覺的、有目的的手段再歸桃源，重入之路卻找不到，因為智慧、理性的追求是無效的，它必定失敗。〔註5〕下面的詩句說明王維一再強調只有在無意之旅中，才能發現桃源世界之存在：

> 落日山水好，漾舟信歸風。
> 玩奇不覺遠，因以緣源窮。
> 遙愛雲木秀，初疑路不同。
> 安知清流轉，偶與前山通。
> 舍舟理輕策，果然愜所適。（〈藍田山石門精舍〉）
>
> 漁舟逐水愛山春，兩岸桃花夾古津。
> 坐看紅樹不知遠，行盡清溪不見人。
> 山口潛行始隈隩，山開曠望旋平陸。（〈桃源行〉）

把自己交給自然，窮水源，翻山越嶺，在山路盡頭，往往是驚見桃源世界前必經的無我、無知、無心的經驗。這種旅行也出現在王維很多尋找「桃源」的詩中，尤其在前往拜訪佛寺僧友途中。例如〈過香積寺〉，一開始王維就說「不知香積寺」，全詩如下：

〔註5〕 Pauline Yu, "Wang Wei's Journeys in Ignorance", *Tamkang Review,* Vol. VIII, No. 1（April 1977），pp.23～87；她在另一處也有討論到這一點，見 Pauline Yu, *The Poetry of Wang Wei*（Bloomington: Indiana University Press, 1980），pp.50～51, 60～61。

> 不知香積寺，數里入雲峰。古木無人徑，深山何處鐘。
> 泉聲咽危石，日色冷青松。薄暮空潭曲，安禪制毒龍。

相對的，王維也一再警告，如果抱著理性的追求，只想佔有，必然注定失敗：

> 再尋畏迷誤，明發更登歷。(〈藍田山石門精舍〉)
> 辭家終擬長遊衍。自謂經過舊不迷，安知峰壑今來變。
> 當時只記入山深，……不辨仙源何處尋。(〈桃源行〉)
> 桃源勿遽返，再訪恐君迷。(〈和宋中丞夏日遊福賢觀天長寺之作〉)

　　王維桃源行的無我、無知、無心的經驗，大概就是葉維廉所說的「純粹經驗」。〔註6〕王維以道家的方式接受自然，與山水融合一體，這種「無心」或「無知」的旅程，也可以用來說明王維詩歌語言的特點。理性的、邏輯性的、分析性的、說明性的語言（有心之旅），反而捕捉不到人與大自然情景交融的經驗，因此他採用多義性的暗喻與象徵性的語言。我們閱讀他的詩，只要是「無心之旅」，全心投入他的文字之中，會有驚人的發現，如漁夫意外地發現桃源世界。

　　我不想太過強調王維無心之旅的神秘性。他與自然之複雜關係已進入哲學、宗教、美學的層次。我這裡需要特別指出，王維八首寫桃源之旅的詩，那就是我在題目中所說的八次桃源行，洩露了《王右丞集》中詩歌的最基本的結構與母題。〔註7〕從十九歲寫了〈桃源行〉以後，王維不少作品的表現方式，都建造在一個旅遊的結構上，而主題則以尋找桃源為主。除了八首寫桃源之旅的詩有直接提到「桃源」，

〔註6〕 Wai-lim Yip, "Wang Wei and the Aesthetic of Pure Experience", *Tamkang Review,* Vol.II, No. 2/ Vol,III, No.11(October 1971/April 1972), pp.199～209。此文改寫並縮短作為王維譯詩序文，見 Wai-lim Yip(tr.), *Hiding the Universe: Poems by Wang Wei*（New York: Crossman Publishers, 1972, pp.V-XV。

〔註7〕 中文研究著作中，主題學研究主要探討相同主題在不同時代以及不同作家手中之處理，很少研究同一主題在作者不同作品中之處理，見陳鵬翔《主題學研究論文集》（臺北：東大圖書公司，1983），頁 1～30。

很多詩作，明顯寫的是尋找桃源，卻沒有點明出來，因為桃源世界在後來的作品中已具體化了，成為香積寺、友人隱居之處、田園生活，甚至作者自己的輞川別墅。像上述提過的〈過香積寺〉，他通過「不知」、「何處」來暗示此行是無心之發現，而香積寺則是在出乎意外的情形之下發現的「桃源世界」。

在上面也引用過〈青溪〉，作者不但用「每逐青溪水」、「趣途無百里」來暗寓無心之旅，他想退隱的黃花川，同樣暗藏著「桃源世界」的母題。所以從〈桃源行〉這組詩中，我們在「行」中找到了王維最基本的表現技巧（由語言、結構等形成），在「桃源」中又發現了王維詩中的基型世界。

四、笑謝桃源人，花紅復來覿：
從無心到有意之旅

如果我們把前面的八首寫桃源之行的詩一起細讀一遍，便會發現，王維的桃源行不全是屬於「無心之旅」。八次桃源行之中，〈桃源行〉、〈藍田山石門精舍〉、〈和宋中丞夏日遊福賢觀天長寺之作〉三首，肯定屬於「無心之旅」。但是〈藍田山石門精舍〉詩中的「我」，明知再回頭尋找，會迷失桃源，他還是決定明年再來：「笑謝桃源人，花紅復來覿」；〈和宋中丞夏日遊福賢觀天長寺之作〉中的「我」，勸告宋中丞不要太快回去，再來恐怕會迷途，但是作者只說「恐」，重回桃源的可能性還是有的。

其餘五首詩中的桃源行，很顯然的，都是有意之旅。例如〈送錢少府還藍田〉，是王維在長安送別同鄉錢少府（錢起）歸返藍田，還預計寒食節時，就能抵達藍田的故居。錢少府在每年櫻花開、燕歸來的春天都要回家一趟。因此，錢氏的桃源行（返藍田故居）是有計劃的，每年都依時返回桃源一次。這與〈桃源行〉中漁人的無心之旅是不同的。在〈春日與裴迪過新昌里訪呂逸人不遇〉中，王維約了裴迪去拜訪呂逸人，呂所住的桃源在長安城柳市的南端。這當然是有意的

外遊。〈口號又示裴迪〉與〈田園樂〉中的桃花源,是王維的輞川別墅,王維常隱居於此,絕不會迷失。

　　無心之旅中,意外中發現的桃源,往往是神仙樂土(〈桃源行〉)與佛門聖地(〈藍田山石門精舍〉、〈過香積寺〉),居民是神仙或高僧;有意之旅一般描寫隱居與田園生活情趣。正因為桃源行的另一結構是寫讀書人追求的桃源世界,王維詩作中才出現很多具有現實性的詩。王維寫自己歸隱終南山、嵩山或輞川的詩,都暗藏著比較現實的歸返他自己桃源世界的母題,下面三首便是很好的例子:

> 晚年惟好靜,萬事不關心。
> 自顧無長策,空知返舊林。
> 松風吹解帶,山月照彈琴。
> 君問窮通理,漁歌入浦深。(〈酬張少府〉)

> 清川帶長薄,車馬去閒閒。
> 流水如有意,暮禽相與還。
> 荒城臨古渡,落日滿秋山。
> 迢遞嵩高下,歸來且閉關。(〈歸嵩山作〉)

> 谷口疏鐘動,漁樵稍欲稀。
> 悠然遠山暮,獨向白雲歸。
> 菱蔓弱難定,楊花輕易飛。
> 東皋春草色,惆悵掩柴扉。(〈歸輞川作〉)

以第二首為例,王維寫盡歸返途中的景物:清川、荒城、古渡、落日、秋山。他的桃源世界只是荒漠孤寂的山中一野屋。第三首「谷口疏鐘動,漁樵稍欲稀。悠然遠山暮,獨向白雲歸」是有意識的旅程,「白雲」深處是桃源,而這桃源只是作者輞川的故居。

　　無心之旅所見的山水景物,如本章第三節所舉例的詩,是虛幻、縹緲、奇妙的神秘境界,而抵達的目的地不是王維的隱居之地,而是神仙樂土或佛門聖地。有意之旅,沿途景色比較寫實,路途也不太遙遠,〈口號又示裴迪〉說「悠然策藜杖,歸向桃花源」,似乎可免涉水

越山之苦。訪呂逸人的桃源隱居地，居然在長安新昌裡的柳市南邊。
而有意之旅的目的地，一般是王維或與他命途相似的士臣的歸隱之地。

我們需要進一步了解，王維詩歌追尋的桃源世界是怎樣的一個地
方。

五、悠然策藜杖，歸向桃花源：
　　王維的人間桃源行詩學

王維有兩個不同的桃源世界，一個屬於結廬在人間的桃源，一個
屬於神仙眷屬和佛門高僧所在白雲深處的仙境。因此，王維在詩中，
設計了兩種不同的桃源之旅，以期達到不同的桃源世界。

王維有一首送崔九弟(即其內弟崔興宗)前往終南山的絕句：「城
隅一分手，幾日還相見。山中有桂花，莫待花如霰。」(〈崔九弟欲往
南山馬上口號與別〉)裴迪〈同詠〉的詩可作爲此詩的最好注釋：「歸
山深淺去，須盡邱壑美。莫學武陵人，暫遊桃源裡。」同樣把崔九弟
終南山旅遊(或短期隱居)之地稱爲桃源世界，而崔氏的終南山之旅，
就是一次有意之旅的桃源行了。上引王維〈春日與裴迪過新昌里訪呂
逸人不遇〉一詩，第一句「桃源一向絕風塵」是指呂逸人隱居的長安
城新昌里的柳市居所，裴迪一首〈同詠〉詩的最後二句：「聞說桃源
好迷客，不如高枕盼庭柯。」也稱呂逸人隱居之地作「桃源」，雖然
它就在長安城內。〔註8〕此外，上面說過的錢少府因歸返藍田故居作
短期隱居或省親，王維亦稱之爲桃源行，〈口號又示裴迪〉雖不是寫
旅程，而是說希望能夠「悠然策藜杖，歸向桃花源」。作者心目中的
桃花源，其實就是他隱居的輞川別墅或終南山，而不是什麼虛無縹緲
的仙境。〈田園樂〉共有七首，描寫隱居者與農民躬耕自給、恬淡閒
適的生活情趣，其中第三首最後一句「桃花源裡人家」，證實世外桃

〔註8〕陳貽焮與張鳳波等人，都把首句中桃源指爲王維輞川隱居之地，見
　　　陳貽焮《王維詩選》(北京：人民文學出版社，1959)，頁106；張鳳
　　　波《王維詩百首》(石家莊：花山文藝出版社，1985)，頁143。裴迪
　　　詩見《王右丞集箋注》，上冊，卷10，頁190。

源的眞正境界，便是安貧樂道、與世無爭的田園生活。這種桃源世界只要通過有意之旅就可抵達了。

六、春來遍是桃花水，不辨仙源何處尋：
王維的仙境桃源行詩學

王維〈桃源行〉詩中所描寫的桃源世界，是需要通過無心之旅才能發現。王維本人雖然嚮往，卻不屬於他所有。第一次進入這個神仙境界，不是「我」，而是一個漁夫。那裡的居民，是神仙眷屬，此外還有一些漁民和樵夫。後來王維曾多次進入桃源仙界，如藍田石門精舍、香積寺，但他可不是那裡的居民，只是來去匆匆的過客，眞正屬於那裡的人是老僧、牧童及樵客。

王維二十一歲開始做官，至逝世爲止，除了短期歸隱，其他時間都在長安。他在〈留別山中溫古上人並示舍弟縉〉詩中承認，在「理齊」與「道勝」時，不應該隱居或出家。當他看見同鄉錢起歸返藍田，也感嘆「草色日向好，桃源人去稀」（〈送錢少府還藍田〉）。他曾向裴迪抱怨「安得舍塵網，拂衣辭世喧。悠然策藜杖，歸向桃花源」（〈口號又示裴迪〉）。早在〈桃源行〉中，那時才十九歲的他，已用「世中遙望空雲山」的詩句，來表示桃源是一個遙不可及的地方。後來凡是比作桃花源的地方，都說它在白雲中，如楊員外隱居的琴臺，他說「羨君棲隱處，遙望白雲端」（〈酬比部楊員外〉），香積寺則「數里入雲峰」（〈過香積寺〉），連自己的藍田別墅也在「白雲外」（〈酬虞部蘇員外過藍田別業不見留之作〉及〈答裴迪〉）。

這樣他的桃源詩中便出現兩個桃源世界：一個出世的，一個入世的。

七、草色日向好，桃源人去稀：
桃源行詩學的田園山水詩

王維桃源行的詩歌結構與母題，如果引用更多詩例作細微分析，

可得出一結論：這是導致王維創作大量山水田園詩的主要原因。為了發揮桃源世界的母題，或運用桃源行的詩歌結構，王維除了注重描繪山水景物，每寫一個景物，都以遊記形式去寫，結果促使王維在唱和別人的詩作時，也以遊記結構去寫，當作桃源世界的一次尋找。前面引用過的〈酬比部楊員外〉、〈酬虞部蘇員外〉、〈和宋中丞〉三首詩，都足以說明這個事實。〈寄崇梵僧〉原來沒有遊記結構，卻也套用了〈桃源行〉的「峽裡誰知有人事，世中遙望空雲山」兩句，只把「世中」改作「郡中」，強調崇梵寺是個桃源世界。〈終南別業〉原來是寫在林中散步，其中「行到水窮處，坐看雲起時。偶然值林叟，談笑無還期」，又一次運用追逐水源，意外發現桃花源的結構與母題了。由於旅程要窮水源，翻山越嶺，中國大地上的神秘山水，都通過具有桃源行的結構與主題的詩呈現出來了。

我認為桃源行詩中的無心之旅，是王維用來寫山水的有效工具。而有心之旅，則給他帶來大量田園生活的詩篇。這些屬於「有心之旅」的詩，在表現技巧上又比較寫實，富於農村生活氣息，與「無心之旅」的山水有所不同。

研究王維詩歌的學者很多，卻甚少人著意於王維桃源行的重要母題，以及桃源行詩歌模式與作者田園山水詩之密切關係。這方面研究的忽略，不免叫人感嘆：「草色日向好，桃源人去稀」。

第二章　王維青綠山水詩學

一、敦煌壁畫中唐代青綠山水畫

　　山水畫是中國傳統畫種，到了隋唐時期，山水已成為獨立的畫種，並達到很高的境界，出現了展子虔、李思訓、王維、張璪、朱審、王墨等以繪作山水著稱的畫家。〔註1〕唐畫色彩豐富，稱為青綠山水。現存唐代以前的山水畫鳳毛麟角，〔註2〕遠在大漠邊陲的敦煌壁畫所存的山水畫，上承魏晉、下啟宋元，尤其盛唐山水，舉世無雙，是解開中國宋代以前山水畫之謎的可靠資料。〔註3〕

　　敦煌莫高窟位於敦煌市東南，距城約二十五公里，洞窟開鑿在鳴沙山東麓的斷崖上。它是中國最大的古典藝術寶庫，也是佛教藝術中心。莫高窟始建於東晉太和元年（366）。傳說有個叫樂尊的和尚路過

〔註1〕　從文學的角度來審查唐代前後的山水詩，又與王維有關，參考徐復
　　　　　觀《中國藝術精神》（臺北：學生書局，1974 第四版）；頁 225～484；
　　　　　童書業《唐宋繪畫史》（香港：萬葉出版社，大約 1960）。
〔註2〕　臺北故宮博物院編《故宮名畫三百種》（臺北：故宮博物院，1959）
　　　　　收有唐代李思訓的〈江帆樓閣圖〉及李昭道的〈江山行旅圖〉。
〔註3〕　敦煌研究院主編《敦煌石窟全集》（香港：商務印書館，2002），其
　　　　　中第 5 卷《阿彌陀經畫卷》及第 18 卷《山水畫卷》對研究王維詩學
　　　　　相關問題帶來許多突破性資料。

此地，忽然見到金光閃耀，似有千佛顯現，以爲這就是佛家的聖地，於是四處募捐，開鑿了第一個石窟。消息傳開後，商旅紛紛差使在此修造石窟，以祈求旅途平安。這樣一直延續到元代，歷經千年。〔註4〕

如莫高窟第172窟，這洞窟主室的南北兩壁，有兩幅西方極樂世界的經變壁畫，都是根據《觀無量壽經》的內容繪製，是盛唐天寶年間（705～780）的傑作，〔註5〕其中一幅（見書末附錄圖一），是關於觀無量壽經變中未生怨故事的經變畫。王后不明王子何以弒父，釋迦爲說國王前生種種業報，提出十六觀方法，這是其中的日想觀，也是一幅極美的盛唐山水畫。類似這幅日想觀畫，觀者端坐向西，大河的遠處，落日如懸鼓，在莫高窟的第172及第320窟的壁畫很多，都是根據日想觀創作的圖畫。〔註6〕

每個時代在敦煌石窟留下的佛教山水畫，反映了當時中國山水畫的風貌。中原畫家到敦煌作畫的可能性很大，此時的山水畫不應視作邊陲地區之作。敦煌莫高窟第172及第320窟顯示，以淨土圖爲中心的觀無量壽經變畫所表現的山水畫，都可視作獨立的作品。這些色彩統一的青綠山水，爲唐代山水畫的最大特點。〔註7〕

二、擺脫人大於山、畫樹不按比例的舊法

唐代敦煌石窟開始創作大型的壁畫，這些經變畫，山水與佛教人物都是重要的佈局，不是裝飾。人物的形象相對地縮小，可見畫家有意擺脫「人大於山」的舊法，著重表現山水景物。唐代之前，「人大於山」，畫樹不按比例，因爲山和樹只是裝飾品，這是早期山水的特點。王維沒有畫作傳世，不足說明這種畫風，〔註8〕《王右丞集箋注》

〔註4〕 〈前言〉，《山水畫卷》，頁5～8。

〔註5〕 同註3。

〔註6〕 《阿彌陀經畫卷》，頁177、181及《山水畫卷》頁142～3，145～6。

〔註7〕 同註3。

〔註8〕 許多王維現存的畫，幾乎都有問題，包括宋代以來文人所見到的。關於這方面的討論，參考徐復觀《中國藝術精神》第五、六及十章。又見 Lewis Calvin, Dorothy Brush Walmsley, Wang *Wei the Painter-Poet*

的論畫文字〔註9〕（雖然其作者眞僞問題甚有爭議，學者卻同意它代表王維當時的新畫風），〔註10〕明顯反對「人大於山」、畫樹不按比例。〈畫學秘訣〉：

> 遠岫與雲容相接，遙天共水色交光……。凡畫山水，意在筆先。丈山尺樹，寸馬分人。遠人無目，遠樹無枝，遠山無石，隱隱如眉。遠水無波，高與雲齊，此是訣也。

從「遙天共水色交光」、「遠水無波，高與雲齊」，就知道王維完全掌握繪畫中的透視法。水爲視線以下，它愈遠，出現在畫面愈高；雲爲視線以上，它愈高，則愈低。因此造成「遙天共水色交光」、「遠水無波，高與雲齊」的錯覺。所謂遠景法或透視法，把眼前原來立體的景物看作平面化，即如畫家把它畫在紙上。眼前一景一物，距離遠近不一，造成變形主要由四種不同的視覺所形成：（一）景物遠景所造成，即距離愈遠，其形愈小，所以「遠人無目，遠樹無枝，遠山無石，隱隱如眉」；（二）視線下的景物距離愈遠，其在畫面的位置愈高；（三）視線上的景物距離愈遠，其在畫面的位置愈低；（四）兼看視線上下，如天地、天海，景物會相連相接。像王維〈出塞作〉中的「白草連天野火燒」，大漠乾枯的草（白草）在視線下與現實上的天空相連，造成草連天，所以看起來，野火把草與天都一起燃燒起來。下面圖案中的鳥（視線上）、地磚（視線下）、樹（遠近），水平線（視線上下的鳥與地磚）便顯示因平面而起的變化。〔註11〕

（Tokyo: Charles Tuttle ,1968），pp.95～152.

〔註9〕趙殿成箋注《王右丞集箋注》，頁489～493。

〔註10〕徐復觀〈荊浩筆法記的再發現〉對作者的問題，有較深入的討論，見《中國藝術精神》，頁276～300。

〔註11〕豐子愷〈文學中的遠近法〉，《繪畫與文學》（臺北：臺灣開明書店，1959）是最早注意舊詩中的遠近法觀點。

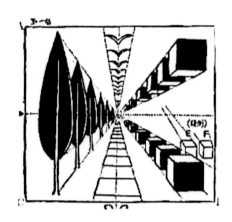

三、咫尺千里：擴展山水的空間

　　唐代敦煌莫高窟的經變畫的格局與唐代山水詩一樣，大大擴展了山水的空間，把遠近的風景，細微的花草與巨大的叢林，人、佛與景物都包含在內，其中緊密的關係合成一體。像莫高窟第323窟，北壁描繪康僧會從海上乘舟而來，一葉扁舟飄流在明淨的水中，近處有山峰，遠處有群山煙雲，摒去傳統的佛教說教構圖，體現唐代山水畫的成熟（見書末附錄圖二）。〔註12〕

　　再看第323窟的一幅山水畫（見書末附錄圖三），近景的大樹有繁枝茂葉，遠景的樹就變成蘑菇形狀的樹叢，遠空中颺著浮雲，襯映出遠山的空曠，峻峭的山崖向上連綿不斷，河流蜿蜒曲折，造成空間變化，並呈現出深遠的感覺。人、佛、船、河流為淨土大地充滿了無窮的生命活力。〔註13〕

　　王維在〈畫學秘訣〉中說：「肇自然之性，成造化之功，或咫尺之圖，寫千里之景，東西南北，宛爾目前，春夏秋冬，生於筆下。」在〈石刻二則〉中王維也說：「肇自然之性，成造化之功。展或大或小之圖，寫百里千里之景，東西南北，宛爾目前，春夏秋冬，生於筆下。」可見王維的理論與敦煌的山水畫同步發展，可惜無法找到更詳

〔註12〕《山水畫卷》，頁74。
〔註13〕同上，頁72。

細的資料來證明兩者的關係。〔註14〕

四、經變畫的青綠山水：把西北風光融入中原青綠山水中

經變畫是把佛經的主要內容表現出來，如此處理，可能太抽象，所以描繪佛說法中的淨土世界，這叫做「淨土圖式經變」。有一類敍事內容較多，著意表現相關的故事情節，這一組作品叫「敍事性經變」，背景多以山水布局，從而創造了很多優秀的山水畫。〔註15〕

唐代敦煌的經變畫，從目前《敦煌石窟全集》〔註16〕中的《山水畫卷》所見的壁畫，以青綠色為代表，到了宋代才開始消失。唐代大畫家如李思訓（651～716），以青綠山水著稱。他經常到寺院中畫畫，青綠山水自然出現在石窟中。李思訓存世作品有〈江帆樓閣圖軸〉，現藏臺北故宮博物院，以金碧青綠的濃重顏色作山水絹本，設色。但見長松秀嶺，翠竹掩映，山徑層迭，碧殿朱廊，江天闊渺，風帆溯流，具衣冠者四人，山石青綠（見書末附錄圖四）。

敦煌壁畫青綠山水多數從中原傳來粉本，以及丘壑、綠樹、山水、帆影，但敦煌的畫師插入了西北的風光，原來古代敦煌附近可找到類似的景觀，只是現在已乾旱，沒有了洶湧的流水。在唐代，莫高窟附近有過「左豁平陸，目極遠山、前流長河、映波重閣」。〔註17〕這激發了畫師們創作的素材，將西北風光與中原青山綠水融合起來。〔註18〕

五、王維詩中的青綠山水

王維沒有像李思訓留下青綠山水畫，但他既是畫家也是詩人，他的許多詩篇，用文字建構的山水，也是青綠山水。如〈書事〉，王維

〔註14〕〈畫學祕訣〉，《王右丞集箋注》，頁489～492。
〔註15〕〈敍事性經變中的青綠山水〉，《山水畫卷》，頁83
〔註16〕敦煌研究院主編《敦煌石窟全集》（香港：商務印書館，2002）
〔註17〕《山水畫卷》，頁125。
〔註18〕〈淨土圖式經變畫中的山水〉，《山水畫卷》，頁123～125。

用青綠的苔色染遍整個庭院，青綠色甚至像空氣向四面八方擴散，侵略所有空間，並爬上行人的衣服，原因只是下了一場雨：

> 輕陰閣小雨，深院晝慵開。
> 坐看蒼苔色，欲上人衣來。

庭院到底還是小景，王維把家鄉整個大山林畫成青綠色。請看〈輞川別業〉寫的這幅人間淨土的山水畫：

> 不到東山向一年，歸來纔及種春田。
> 雨中草色綠堪染，水上桃花紅欲然。
> 優婁比邱經論學，傴僂丈人鄉里賢。
> 披衣倒屣且相見，相歡語笑衡門前。

「雨中草色綠堪染」，一場大雨後，輞川的山林原野綠油油的；這種綠好像有生命，不但染綠行人的衣服，也把天地萬物染綠。「水上桃花紅欲然」，水邊的桃花在萬綠叢中，好像要燃燒起來。這塊人間淨土，簡直就是敦煌莫高窟第 217 窟南壁西側壁畫的藍本，〔註19〕其中兩幅青綠山水圖（見書末附錄圖五及圖六）具有濃烈的青綠色，水邊有盛開的紅色桃花。兩幅畫只是壁畫的一小部分，全幅壁畫一起看，也有村民與出家人，〔註20〕類似「優婁比邱經論學，傴僂丈人鄉里賢」的人間淨土圖像。這是王維日想觀詩學的作品。〔註21〕

王維深入山林，偶然發現香積寺。山的深處，都是為松樹的綠色所染，夕陽落在松樹林也變冷了。請讀〈過香積寺〉：

> 不知香積寺，數里入雲峰。
> 古木無人徑，深山何處鐘。
> 泉聲咽危石，日色冷青松。
> 薄暮空潭曲，安禪制毒龍。

〔註19〕《山水畫卷》，頁 102，104。
〔註20〕同上，頁 98～109。
〔註21〕同上，頁 98～100、102、104。

在〈山中〉，山脈都綠得叫人感到冷，覺得濕漉漉的：

> 荊溪白石出，天寒紅葉稀。
> 山路元無雨，空翠濕人衣。

六、王維山水理論：地由綠水、碧天、翠山構成

從王維論山水畫的理論（見〈論畫三首〉）就可看出，大地原來的顏色就是青綠色，這是大自然的現象。在沒有下雨的時候，永遠是碧翠的。每次雨停後（雨霽）就天碧山翠：「雨霽則雲收天碧，薄霧霏微，山添翠潤，日近斜暉。」春夏大地都是青綠的，只是秋冬開始轉淡：

> 春景則霧鎖煙籠，長煙引素，水如藍染，山色漸青。
> 夏景則古木蔽天，綠水無波，穿雲瀑布，近水幽亭。
> 秋景則天如水色，簇簇幽林，雁鴻秋水，蘆島沙汀。
> 冬景則借地為雪，樵者負薪，漁舟倚岸，水淺沙平。
> 凡畫山水，須按四時。

秋冬沒直接用顏色的字眼，所謂「秋景則天如水色」、「冬景則借地為雪，水淺沙平」，卻暗示大地還是以青綠為主，因為水永遠是青綠色的。這種顏色的調配，完全符合王維的山水理論。〔註22〕

王維的繪畫理論，同樣呈現在他的作品中。〈送邢桂州〉有「日落江湖白，潮來天地青」之句：

> 鐃吹喧京口，風波下洞庭。
> 赭圻將赤岸，擊汰復揚舲。
> 日落江湖白，潮來天地青。
> 明珠歸合浦，應逐使臣星。

天永遠是青藍的，佔了地球表面四分之三的水面也是青藍的，所以大地永遠青色，只有日落時，陽光折射、浪花起伏，才起了暫時的變化，

〔註22〕在中國傳統水墨山水畫的美學思想理論中，許多學者認為與道家玄學有關，認為黑白純水墨、沒顏色的中國山水畫，才是正統。但那是唐代末年以後才發展起來的。見徐復觀《中國藝術精神》，第四、五章。

呈現白色。再看〈華嶽〉開頭四句：

> 西嶽出浮雲，積雪在太清。
> 連天疑黛色，百里遙青冥。

山與天都是綠色，連在一起，顏色變得更濃，成爲黛色或青冥色。那就是日常所說的青黑色。春天，花園裡的草木都是綠色，倒映在湖水中，就更綠了，成爲主調。如〈遊春曲〉之一：

> 萬樹江邊杏，新開一夜風。
> 滿園深淺色，照在綠波中。

王維作爲畫家，瞭解到物體的固有色（couleur locale）會受環境色度（tonalite）的影響。如上引用過的「連天疑黛色，百里遙青冥」即是一例。碧綠的華嶽在藍天之下，變得更綠，而成爲青黑色。〈終南山〉的「青靄入看無」說明雲霧本是白的，受了群山翠綠色的影響，也變成青靄色：

> 太乙近天都，連山到海隅。
> 白雲迴望合，青靄入看無。
> 分野中峰變，陰晴眾壑殊。
> 欲投人處宿，隔水問樵夫。

上面引用過的詩，其實「荆溪白石出，天寒紅葉稀。山路元無雨，空翠濕人衣」也說明秋多大地會出現別的色彩，大地最基本的色調還是青綠，像松樹、杉樹，都能在深冬渡過而不落葉、也不變色。〔註23〕

七、金碧的青綠山水畫

本章的第五節曾以唐代敦煌的經變畫，目前收集在《敦煌全集》

〔註23〕豐子愷指出，中國文學上，綠、青、翠、蒼、碧、藍等字都是無分別，色彩字眼混用，最明顯是 blue 與 green 兩種色彩。如青天白日，這裡是 blue，不是 green，青草地的青才是 green，古典文學描寫草葉時，綠青翠碧都用，如王維「春草明年綠」、「空翠濕人衣」、「楊柳青青渡水人」。見〈文學的寫生〉，《繪畫與文學》，頁35～37。

中的《山水畫卷》所見的壁畫，論述唐代的畫以青綠色爲代表，現藏於臺北故宮博物院的李思訓存世作〈江帆樓閣圖〉（見附錄圖四），就是以金碧青綠的濃重顏色作山水畫的典範作品。

　　王維的山水詩，不但以青綠爲主，也喜歡添上明亮華麗的色彩。前面談過圖五那幅青綠山水圖具有濃烈的青綠色，水邊有盛開的紅色桃花，簡直就是〈輞川別業〉詩句「雨中草色綠堪染，水上桃花紅欲然」的插圖，是王維的詩影響畫還是畫影響了王維的詩，已不可辨說。他特別偏愛將紅色的景物巧妙放在青綠山水中，如：

　　　　荊溪白石出，天寒紅葉稀。

　　　　山路元無雨，空翠濕人衣。

即使「泉聲咽危石，日色冷青松」也有夕陽的紅、松樹的綠與石頭的白。再看：

　　　　結實紅且綠，復如花更開。（〈茱萸沜〉）

　　　　畫閣朱樓盡相望，紅桃綠柳垂簷向。（〈洛陽女兒行〉）

　　　　不及紅簷燕，雙棲綠草時。（〈早春行〉）

　　　　嫩竹含新粉，紅蓮落故衣。（〈山居即事〉）

　　　　買香燃綠桂，乞火踏紅蓮。（〈遊悟真寺〉）

　　　　桃紅復含宿雨，柳綠更帶春煙。（〈高原〉）

王維把綠色作爲大地的基調，加一點點紅，整個世界就顯得熱鬧起來，也可能賦予特別的意義。

　　除了紅與綠，王維也常將白與綠作爲對比，如：

　　　　白雲迴望合，青靄入看無。（〈終南山〉）

　　　　白水明田外，碧峰出山後。（〈新晴晚望〉）

　　　　山臨青塞斷，江向白雲平。（〈送嚴秀才還蜀〉）

　　　　漠漠水田飛白鷺，陰陰夏木囀黃鸝。（〈積雨輞川莊作〉）

　　　　一從歸白社，不復到青門。（〈輞川閒居〉）

　　　　青菰臨水映，白鳥向山翻。（〈輞川閒居〉）

> 清冬見遠山，積雪凝蒼翠。(〈贈從弟司庫員外絿〉)
>
> 青草肅澄陂，白雲移翠嶺。(〈林園即事寄舍弟紞〉)
>
> 日落江湖白，潮來天地青。(〈送邢桂州〉)

青色與白色一起，是冷寂、悠閒心象與生活的顯示，在王維的山水詩中，意義恐怕千變萬化，只能說這是他山水詩的重要色調。主要造成，還是自然大地：「肇自然之性，成造化之功，或咫尺之圖，寫千里之景，東西南北，宛爾目前，春夏秋冬，生於筆下。」、「凡畫山水，須按四時。」顏色又因季節不同而改變。

「荊溪白石出，天寒紅葉稀。山路元無雨，空翠濕人衣」的詩中，白、紅、綠三種顏色一起出現。這種例子不少，如〈過香積寺〉的「泉聲咽危石，日色冷青松」，石白、日紅、松青、還有水綠。在〈和太長韋主簿五郎溫湯寓目〉，「青山盡是朱旗繞，碧澗翻從玉殿來」便有青、朱、碧、玉（白）四色。

八、王維邊塞詩：黃白色的山水

王維的中原山水與塞外的山水因風光有所不同。邊塞詩雪的白、沙漠的黃取代了中原的青山綠水：

> 沙平連白雪，蓬卷入黃雲。(〈送張判官赴河西〉)
>
> 黃雲斷春色，畫角起邊愁。(〈送平淡然判官〉)
>
> 雲黃知塞近，草白見邊秋。(〈隴上行〉)

塞外天上的雲不是黃的，但沙漠一望無際，成為大自然的主調顏色，並影響了天上的雲。岑參〈走馬川行奉送封大夫出師西征〉說：「平沙莽莽黃入天」，如果不是遠近法的畫面（視線以下的沙愈遠，出現畫面愈高，而視線以上的雲愈遠，出現畫面愈低）造成，就是沙暴造成的景觀。

九、王維變色的山水：從金碧青綠變成淡彩水墨

王維的畫作，《宣和畫譜》「王維」條下說「今御府所藏一百二十

六」，但前面又說「重可惜者，兵火之餘，數百年間，而流落無幾。」
〔註24〕徐復觀推斷所謂一百二十六，多是贗品，北宋人對王維畫的推
崇，主要從別人模仿他的畫，或從他詩中的畫境推論。〔註25〕王維〈偶
然作〉之六是詩中唯一提到自己是畫家：

> 老來懶賦詩，惟有老相隨。
> 宿世謬詞客，前身應畫師。
> 不能捨餘習，偶被世人知。
> 名字本皆是，此心還不知。

　　王維不但是畫家，還被後代肯定爲山水畫宗師。〔註26〕北宗是
李思訓的著色山水，南宗是王維的水墨山水，不過南北派的劃分，忽
略了王維詩中的金碧青綠山水。莊申研究王維早期詩中色彩的應用，
指出他曾受李思訓的金碧山水色彩影響，到了晚期才開創水墨山水。
徐復觀從《宣和畫譜》、張彥遠《歷代名畫記》來研究，認爲王維的
水墨畫，並未排斥彩色，後期也只將金碧的青綠變爲淡彩，純水墨要
到晚唐才出現。王維從金碧青綠山水轉向淡彩水墨，大概在安祿山叛
亂（唐天寶 14 年，755）之後，是時國勢衰弱，王維絕意仕途，隱居
輞川以後，生活轉向淡泊清遠。〔註27〕沒有王維的畫爲証，以王維現
存的詩來論，著色山水確實很多，而且不分早晚期都是如此。〔註28〕
　　金碧山水，先勾勒山水，用大青綠著色，再用螺青苦綠碎皴染，

〔註24〕《宣和畫譜》（北京：中華書局，1985），第一冊，頁 257～263。
〔註25〕徐復觀，〈環繞南北宗的諸問題〉，《中國藝術精神》（臺北：學生書
　　　　局，1974。第四版），頁 402。
〔註26〕關於中國山水畫南北派的爭論，參考：徐復觀〈環繞南北宗的諸問
　　　　題〉，《中國藝術精神》，頁 388～473，童書業《唐宋繪畫史》頁 38
　　　　～40、106～117。後者認爲南北宗之說不能接受。
〔註27〕徐復觀，同上註，頁 398～408，孫家勤《國畫簡史》（臺北：學生書
　　　　局，1964），頁 52～53。
〔註28〕孫家勤《國畫簡史》認爲王維隱居輞川以後，生活淡泊，逐漸走向
　　　　純水墨。其實本章以上所引的詩，不是如此，此判斷還需要進一步
　　　　探討。

人物用粉襯，加金泥增添明亮，花草色彩鮮豔，表示有日光照射。非常適合描繪朝暮及晴景。〔註29〕王維詩有以淨土極樂之旅為主題的，這種色調很符合作者的需要。

在中國山水畫史上，王維的淡彩水墨是一代表。特色是以渲淡作畫。所謂渲淡，即用墨渲染為深淺的顏色來代替青綠的顏色，而墨的深淺可表現山形的陰陽向背。沈括《夢溪筆談》卷十七論王維的畫，所說「畫中最妙山水，摩詰峰巒兩面起」，「峰巒兩面起」就是說明墨的深淺可表現山形。〔註30〕這使人想起王維的〈終南山〉：

> 分野中峰變，陰晴眾壑殊。

由於山的面積廣大，造成各峰巒的光線不同，陰晴不一。這種景觀，以濃淡的水墨來表現最適宜。再看〈漢江臨汎〉：

> 楚塞三湘接，荊門九派通。
> 江流天地外，山色有無中。
> 郡邑浮前浦，波瀾動遠空。
> 襄陽好風日，留醉與山翁。

「江流天地外，山色有無中」，用墨的淡淺與濃深就能完美的表達出來。猶如〈李處士山居〉：

> 背嶺花未開，入雲樹深淺。

〈華嶽〉中的「連天凝黛色，萬里遙青冥」亦然。黛、青冥都是所謂青黑色，把墨淡化就是了。王維水墨山水詩學也值得探討，卻需要另一篇論文來研究了。

〔註29〕童書業《唐宋繪畫史》，頁29～31。
〔註30〕徐復觀，同前註1，頁403～407。

第三章　王維無我詩學

一、王維無我詩學的科學話語

　　文言文作爲詩歌的表達媒體（medium of poetic expression）具有巨大的魔力。由於沒有名詞或稱呼詞格（cases）的變化、語法性別（genders）、詞態（moods）與動詞形態變化等，這種語言文字往往能集中描寫具體實境，而簡潔扼要的表述，可以創造出含糊多義性。對詩來說，這是絕對優越的語言；對實用性報告來說，這是不科學的語言。今天我們發現這種不科學、不夠準確的語言文字，於詩歌而言，卻是最具科學的演繹。

　　唐詩，尤其是王維的作品，最能表現無我詩學的特點。王維沒有談及他自己這方面的表現，讀他的詩，處處感受得到。要了解他的無我詩學，需要從現代的無我詩學反覆論述。

二、「無我之境」超文本閱讀

　　王國維的《人間詞話》〔註1〕有「無我之境」與「有我之境」的詩學論說。他說:「有有我之境，有無我之境。」（頁1～2）這是「有我之境」的詩例:

────────────

〔註1〕引文根據王國維《人間詞話》，徐調孚校本（臺北：鼎淵文化，2001）。

> 淚眼問花花不語，亂紅飛過鞦韆去。(歐陽修〈蝶戀花〉或馮
> 延巳作〈鵲踏枝〉)
> 可堪孤館閉春寒，杜鵑聲裡斜陽暮。(秦觀〈踏莎行〉)(頁1～2)

這是「無我之境」的詩例：

> 采菊東籬下，悠然見南山。(陶潛〈飲酒〉)
> 寒波澹澹起，白鳥悠悠下。(元好問〈穎亭留別〉)(頁1～2)

而他的定義是：

> 有我之境，以我觀物，故物皆著我之色彩；無我之境，以
> 物觀物，故不知何者爲我，何者爲物。古人爲詞，寫有我
> 之境者爲多，然未始不能寫無我之境，此在豪傑之士能樹
> 立耳。(頁2～3)

他觀察到：「寫有我之境者爲多」、「然未始不能寫無我之境，此在豪
傑之士能樹立耳。」可見他心中給寫「無我之境」者較高的地位。

　　過去對《人間詞話》或「無我之境」、「有我之境」及其他批評術
語的不同解讀，可以收集出版幾十大本評論集。〔註2〕現在有關它的
論文，每天都還不斷的生產。即使像「無我之境」等關鍵語，只要鍵
入 Google 搜尋系統，出現的研究文章不知多少。〔註3〕由此可見，王
國維的《人間詞話》，雖然在一九○八年於《國粹學報》發表，〔註4〕
電腦建構的數位超連結系統還未誕生，它卻具有超文本的超連結設計
（hyperlink）、互動性（interactivity）、多指向解讀功能。也就是說，
具有開放性的互參文本的意義生命，可不斷地被創造衍生，它的一句
話，一大段論述，不只是重現的工具，而是成爲各種可能存在意義之

〔註2〕黃維樑的綜合評論可見《人間詞話》的多向性，〈王國維《人間詞話新
　　　論》〉，《中國詩學縱橫談》(臺北：洪範書店，1977)，頁27～118。
〔註3〕http://www.google.com
〔註4〕《人間詞話》原稿作於 1906~1908 年。1908 年 12 月，《國粹學報》
　　　第 47 期首度刊出《人間詞話》前二十一則，次年的 49、50 期，連
　　　刊《人間詞話》43 則。

交會空間。當它與其他文本跰在一起，就呈現很多不同的視野。〔註5〕

　　隨意連接並打開「學說聯機」，〔註6〕潘知常〈第三進向的眞實：王國維關於境界的思考〉，把王國維的「無我」與叔本華（Arthur Schopenhauer，1788～1860）客體的美、純粹的認識連結起來解讀；簡聖宇〈王國維「境界說」之生命內涵〉，則將「無我」與「有我」從狄爾泰（Wilhelm Dilthey，1833～1911）「精神科學」角度加以詮釋，以爲是一種「表達」上的差異性。過去的中國文藝批評，多從追溯歷代形成的境界說來認定其意義內涵，如本自佛家典籍，六朝的書法繪畫理論已出現這類詞語，唐代以後，循此途發展的文藝批評更風行起來。〔註7〕

　　像「無我」具有超連結互動多指向的超文本（hypertext），〔註8〕它能呼喚有文學思維的人和所有詩學知識建立新的關係。傅柯（Michel Foucault）把這種文本看作是一種網路和連結（network and links），在《知識的考掘》（The Archeology of Knowledge）中，〔註9〕他說一本書（任何長短的文本也是如此）的論述是永無窮盡的，可與其他的書、任何的文本、文句連接一起，並互爲參考。羅蘭巴特（Roland Barthes）說得更有詩意：〔註10〕

〔註5〕　蒂費納・薩莫瓦約（著），邵煒（譯）《互文性研究》（天津：天津人民出版社，2003）。

〔註6〕　http://www.xslx.com。

〔註7〕　敏澤，《中國文學理論批評史》（長春：吉林教育出版社 1993），下冊，pp.1463～1468。

〔註8〕　關於超文本或稱多向文本，參考 George Landow, *Hypertext: Convergence of Contemporary Critical Theory and Technology*（Baltimore: University of Johns Hopskin University Press,1992; 鄭明萱《多向文本》（臺北：揚智文化，1997）。

〔註9〕　Michel Foucault, translated by A.M. Sheridan Smith, *The Archeology of Knowledge, trans.*（New York: Harper,1976），p23，譯本有王德威《知識的考掘》（臺北：麥田出版社，1993）。

〔註10〕　Roland Barthes, translated by Richard Miller, S/Z（New York: Hill and Wang,1974），pp.5～6。

這種文本是雲河裡千萬的符表，不是符意結構，它沒有開始，也無從追溯還原，我們可以從許多不同的進口去解讀，沒有一種可以成爲權威的讀法，那些密碼可以延伸到眼睛可看見的遠方，內涵永遠不能確定。

This text is a galaxy of signifiers, not a structure of signifieds; it has no beginning; it is reversible; we gain access to it by several entrances, none of which can be authoritatively declared to be the main one; the codes it mobilizes extend as far as the eye can reach, they are indeterminable.

「無我之境」不只是溝通或爲導向的符號，它還能衍生新的意義。例如「無我之境」與《人間詞話》的「造境」與「客觀之詩人」發生互聯互動，我們便看到科學典範下文學藝術超越自然的科技性。本文嘗試將它跟聞一多與艾略特無我詩學的超文本連結起來閱讀。它一旦與後者結合，會重新聯繫而構成新的文本。「無我之境」作爲超文本，就能越界跨國地推衍成更廣的詩學及學術思潮。

三、艾略特的無我詩學

艾略特（Thomas Stearns Eliot, 1888～1965）在 1919 年發表的〈傳統與個人的才華〉（Tradition and Individual Talent）〔註11〕中提出其著名的「無我詩學」（impersonal theory of poetry）的詩論。他很清楚地指出，詩不是流露感情，而是逃避感情，詩不是表現個性，而是逃避個性；同時直接說明詩的產生不是自然的流露，而是要經過物理化學作用的過程才能寫出來。這篇論文更重要的是宣布詩學與科學要結合思考。艾略特的「無我詩學」，可以超連結地與王國維的「無我之境」、聞一多詩歌非自我表現的詩論結合。這三個人的文本分別完成於 1908 年、1919 年與 1926 年，他們要發表的是一樣的宣言：詩的產生過程

〔註11〕關於這篇論文的導讀與分析，可參考 F.O. Matthiessen,T.S. *Eliot: An Essay on the Nature of Poetry*（New York: Oxford University Press,1959），3～33。

是很科學的，可依據物理化學來解讀。

艾略特在論文中強調詩人為了詩歌藝術要犧牲自我：〔註12〕

> 詩人為了更有價值的東西，他要不斷放棄自我。藝術家的
> 成長就是不斷犧牲自己，不斷消滅個性。
>
> What happens is a continual surrender of himself as he is at the
> moment to something which is more valuable. The progress of
> an artist is a continual self-sacrifice, a continual extinction of
> personality（p.52～53）.

就是在這種「去個性化」（depersonalization）的過程，使到藝術作品
的產生可以說接近科學的狀態。他用一個很有啟發性的比喻來說明，
詩的完成猶如物理化學作用所產生的反應：如將一小條細線般的白金
放進含有氧氣與二氧化硫的容器中發生的反應（頁 53）。這個反應產
生的東西纔是詩，白金不是詩。所以艾略特指出好的詩人與不成熟的
詩人的差別，不在於個性與頭腦的好壞，而是能否成為提供完美的媒
介（medium），讓感情思想重新組合，並昇華為詩。詩人的頭腦就是
那一點點白金（the mind of the poet is the shred of platinum）。這一段
文字的論述最能說明現代派藝術是在科學，尤其新物理化學的典範下
思考：

> 我用的是催化劑的比擬。當上述的兩種氣體，由於白金絲
> 的存在，產生化合作用形成硫酸，只有當白金存在才能發
> 生這種化合。可是新形成的酸並不含有絲毫的白金，顯然
> 白金本身並未受到任何影響：它保持惰性，中性，無變化。
> 詩人的頭腦就是那少量的白金。（李賦寧譯，頁6）

〔註12〕這是我的中文翻譯，原文見 T.S. Eliot, "Tradition and Individual
Talent", *The Sacred Wood*（London: Methuen Co.,1966），pp.47～59。
全文中文翻譯可見杜國清〈傳統與個人的才能〉，《艾略特文學評論
選集》（臺北：田園出版社，1969），頁 1～20；李賦寧〈傳統與個人
的才能〉，《艾略特文學論文集》（南昌：百花洲文藝出版社，1994），
頁 1～11。

The analogy was that of the catalyst. When the two gases previously mentioned are mixed in the presence of a filament of platinum, they form sulphurous acid. This combination takes place only if the platinum is present ; nevertheless the newly formed acid contains no trace of platinum, and the platinum itself is apparently unaffected; has remained inert, neutral, and unchanged（p. 54）.

詩人用來寫詩的經驗有兩種：感情與感受（emotions and feelings），有人可能只用感情寫詩，或用多種感情與感受，但也有偉大的詩篇沒有直接動用感情。作品的偉大，與感情思想的強烈無關，主要看藝術融合的過程。

> 詩人的頭腦實際上就是一個捕捉和儲存無數的感受、短語、意象的容器，它們停留在詩人頭腦裡直到所有能夠結合起來形成一個新的化合物的成分都具備在一起。（李賦寧譯，頁7)

The poet's mind is in fact a receptacle for seizing and storing up numberless feelings, phrases, images, which remain there until all the particles which can unite to form a new compound are present together（p. 55）.

所以艾略特科學性的結論就是主張顛覆浪漫主義：詩不是表現個性（personality），也不是發洩感情；詩人要表現的不是他的「個性」，他只有一個特別的媒介（medium），印象、經驗在這個媒介中形成很特別的、令人驚訝的組合。他最後再三強調：

> 詩歌不是感情的發洩，而是感情的逃避；詩歌不是個性的表現，而是個性的逃避。但是只有擁有個性與感情的人，才知道為了什麼要逃避這些東西（本書作者譯）。

Poetry is not turning loose of emotion, but an escape from emotion; it is not the expression of personality, but an escape from personality. But, of course, only those who have personality and emotions know what it means to want to escape from these things（p.58）.

四、王國維本土化及西化科學思考下的無我詩學

王國維接受西洋美學思想，以嶄新眼光對中國舊文學所作的評論，處處皆是真知灼見，由於繼承了中國文藝批評的傳統形式，雖然是絕妙好辭，乃係斷章零語，其深刻的意義，要通過互文性、超文本來驗證與瞭解。王國維在 1908 年寫的《人間詞話》中，提出「無我之境」、「造境」與「客觀之詩人」等概念，說明中國古代詩歌逐漸去個性化、去感情化，非浪漫主義的思潮已經開始形成。到了三十年代前後，聞一多 1926 年寫的〈詩的格律〉，基於對現代詩的觀察，便成爲這個思潮完整的宣言。〔註13〕如果不把它與艾略特在 1919 年發表的〈傳統與個人的才華〉聯繫成有系統的互文性，其科學的思考典範的重大意義不易突顯出來。

余英時在分析清末民初中國人文生態與中國傳統學術研究生態時說，中國文人一旦接觸西學，立刻發生定向作用，特別重視從西方科學的方法來整理國故，這就是人文生態的「思想基調」。余英時認爲在學術研究上，王國維是最好的典範：他上承乾、嘉考證訓詁的學統，再以科學方法更新了這個傳統。余英時指出：「近百年來西方的人文研究一向奉自然科學爲楷範，致力於尋求普遍有效的原理或原則。達爾文的生物進化論轉成社會進化論尤其是其中一個最突出的例子。王國維 1913 年完成的《宋元戲曲考》，被認爲近代中國學術開闢新領域，運用西方的科學論證，建立研究方法新典範的著作。」〔註14〕

王國維在《人間詞話》中說：「四言敝而有楚辭，楚辭敝而有五言，五言敝而有七言，古詩敝而有律絕，律絕敝而有詞。」〔註15〕他

〔註13〕《聞一多全集》（香港：南通圖書公司，1978），第 3 冊，頁 245～253。
〔註14〕余英時〈試論中國人文研究的再出發〉，《文史傳統與文化重建》（北京：三聯書店，2004），頁 528～538。
〔註15〕《人間詞話》，第 55 則，頁 33。

在《宋元戲曲考》一開始又說：「凡一代有一代之文學，楚之騷，漢之賦，六代之駢語，唐之詩，宋之詞，元之曲，皆一代之文學，而後代莫能繼焉者也。」〔註16〕這就是建基於達爾文生物進化論觀念之上的看法，認為萬物的生命與種類不但有生長期限，也會根據不同環境而不斷演變。

王國維除了在《靜安文集》與《靜安文集續篇》明顯地根據西學方法通論中西哲學與文學，純文學研究以《紅樓夢評論》最能說明，他引用西方悲劇理論，分析小說的感人力量，因而擺脫了當時索隱派的理論。即使後來《觀堂集林》更原創性的研究，一樣沒有放棄西方的科學方法與觀念。乾嘉的訓詁考證學，與西方的歷史語言學（philology）相近，具有科學精神，《人間詞話》比艾略特科學化的無我詩學早出現，一點也不奇怪，因為中國學術界在清末民初，已在本土與西方進口的自然科學典範下，進行思考一切問題。王國維的無我詩學，誕生在本土與西方進口的自然科學思維之中，可說明現代性原來就被壓在本土中，也可說明研究近代文學，需要回歸古代，追求原性。

五、王維的無我詩學：去時間與個性化的詩歌

把王國維與艾略特的無我詩學，去時間化與個性化的詩歌，放在以科學為典範的人文生態大環境裡，就明白這不只是現代派詩人的追求，也不是單為反對浪漫主義而形成的詩歌運動，這是人文藝術一直在科學典範的引誘下，向科學靠近學習所引起的變化。王國維的「無我之境」的詩說，更說明這種以科學思維為重的詩觀在古代詩詞中已開始試驗與發展，不純粹來自西方的影響。本文超文本、多向文本、越界跨國的解讀，也在實驗把晦澀的個人文本隱藏的意義呼喚出來，讓它成為無邊界的文本。

Jean Buhot 在《中國與日本繪畫藝術》（*Chinese and Japanese Art*）

〔註16〕王國維《宋元戲曲考》（臺北：藝文印書館，1996），頁 1。

一書中指出，歐洲的畫家把一切動作凍結起來（freeing of movement），繪畫的視景焦點受藝術家的視野感受所預設，一幅好的中國山水畫，往往沒有時間性。〔註17〕中國畫家喜歡從遠處看景物的這種秘密，一直等到立體主義畫家才發現。因此，前景永遠都與畫家保持距離，如人物在山水畫中，不會出現在前面。西洋畫剛好相反，人物巨大而明顯地畫在前面，風景作為背景。中國畫家非常著意維持所有物體的自然距離。王維的〈學畫秘訣〉說：「凡畫山水，意在筆先。丈山尺樹，寸馬分人。」又說：「遠人無目，遠樹無枝，遠山無石。」〔註18〕這是非常科學的觀察。畫家的自我觀點（point of view）在遠處消失，永遠控制著中國畫家。畫家詩人的王維，就更加如此。

　　劉若愚在《中國詩學》（The Art of Chinese Poetry）中，嘗試從語法結構解讀唐詩，如王維的〈鳥鳴磵〉：

　　　人閑桂花落，夜靜春山空。
　　　月出驚山鳥，時鳴春澗中。

由於動詞沒有時態（tense）變化，王維呈現風景時，可以不必依照特定的時間觀點。他所書寫的春夜，並不是一個特定的春夜，或特定的人在某一特定的時間所見到的。王維只要我們去感受純粹春夜的本質，而不是某某人所經驗的春夜。這種無我、無時間、普遍性，在王維的〈鹿柴〉詩中，就更清楚了：

　　　空山不見人，但聞人語響。
　　　返景入深林，復照青苔上。

中國舊詩常省略動詞的主語，王維只是說「不見人」，而不是「我不見人」，或「某某人沒看見任何人」。這種省略結構非常科學，詩人（王維）個性不能影響風景。省略動詞的主語可以被任何人所認同，可以

〔註17〕Jean Buhot, Translated by R.E Hall, *Chinese and Japanese Art*（New York : Frederik A. Praser, 1967）。
〔註18〕《王右丞集箋注》，頁490。

是讀者或任何想像中的人。這樣如〈鹿柴〉所呈現的,我們感受到的,是完整的、自然的存在。山林、人類的聲音、夕陽、青苔都是同等重要的,而不是人的附屬品。中國舊詩的特點是無我的、普遍化,讀者不感到失控,甚至文化的隔閡。比如王維只說空山,不說明是終南山還是其他特定的山,只說山鳥,不說那一種鳥,如果指明某種鳥,讀者不認識的,就想像不出其叫聲或意象。〔註19〕

相反的,西方浪漫派的英文詩,如華茲華斯(William Wordsworth 1770～1850)詩句"I wandered lonely as a cloud"(我像一朵孤獨的雲四處漫遊)就顯得自我中心(egocentric)與世俗化。這是個人的經驗,限定在某一特定的時間與空間發生的事件,因為"wandered"是過去式,而主語"I"是華茲華斯本人

這麼巧,西方無我詩論的代表詩人艾略特及其他意象派詩人,其詩學剛好深受中國舊詩的影響。〔註20〕

六、王維的無我詩學:田園山水的無心之旅

本書第一章〈王維桃源行詩學〉指出,王維在「桃源行詩學」下創作的詩,有兩種模式:一是「有意之旅」,另一是「無心之旅」。如〈桃源行〉一詩,書寫尋找、接觸與理解大自然的過程,而不是旅程的終點。漁夫不知距離、路程與目的,所以闖進了桃源世界。他是無心的,便與大自然和諧地打成一片,把自己交給順流而下的河水,沿著曲幽漫無目的地走去。他的無心無意,能使他自由又自然地與山水融合一體。無知無為的旅程往往把人領入啟蒙與悟化的境界。如果像後來的漁夫,放棄桃源,想採用理性的、自覺的、有目的的手段重歸桃源,那就再也不能進入靜謐、虛幻、奇妙的神仙境界的山水裡。

王維無我的山水經驗是自由沒有拘束的,把自己交給自然,窮水

〔註19〕參考本書第四章〈王維漢字語法詩學〉。
〔註20〕參考劉岩《中國文化對美國文學的影響》(石家莊:河北人民出版社,1999)。

源，穿山越嶺，走盡山路，是驚見桃源世界前必經的無我、無心、無知的經驗。這種旅行出現在很多尋找「桃源」的詩中，尤其在前往拜訪佛寺僧友途中。如〈過香積寺〉，一開始王維就說：「不知香積寺，數里入雲峰。古木無人徑，深山何處鐘。」接著無我無知地進入夢幻般的境界：「泉聲咽危石，日色冷青松。」

　　王維桃源行的無我、無心、無知的經驗，可以說是以道家的方式接受自然，與山水融合一體，這種「無心」或「無知」的旅程，也可以用來說明王維詩歌語言的特點。理性的、說明性的、分析性的語言（有意之旅），反而捕捉不到人與大自然情景交融的複雜經驗，因此他採用魔幻的、多義性的暗喻與象徵性的語言，去創造神秘的境界。

第四章　王維漢字語法詩學

一、《中國詩學》：西方漢學界進入中國詩學的大門

　　劉若愚的《中國詩學》出版於 1962 年，在西方中國詩學界，至今還是非常受重視與廣泛閱讀的一本書。〔註1〕全書分成兩大部分，從「中文作為表現詩歌的媒介」（"The Chinese Language as a Medium of Poetic Expression"）與「中國傳統詩觀」（"Some Traditional Chinese Views on Poetry"），論述中國的舊詩，為讀者提供了解讀中國舊詩的嶄新視野。劉若愚這本書，不算是一家之言，然而，將當時中西學界對中國詩的見解集其大成，加以融會貫通，並通過流利的英文，把神秘、帶有誤讀性、扭曲性表現詩歌的中文媒介（即漢字），以及中國傳統詩論，有條理地表述出來，馬上成為西方漢學界研討中國舊詩的最佳入門書。對中國學者而言，這種分析也引入獨特的研究視角，給他們開闢了中國舊詩前所未有的想像空間。

〔註1〕 James Liu, *The Art of Chinese Poetry*（Chicago: Chicago University Press, 1992）。中譯本有趙執聲等譯《中國詩學》（鄭州：河南人民出版社，1990）；杜國清譯，《中國詩學》（臺北：幼獅文化，1977）；韓鐵椿、蔣小雯譯《中國詩學》（武漢：長江文藝出版社，1991）。有關劉若愚的詩論研究，參考詹杭倫《融合劉若愚中西詩學之路》（北京：北京出版社，2005）。

二、「中國文字詩學」或稱「漢字詩學」的正確延續

《中國詩學》的第一部分「中文作爲表現詩歌的媒介」，對西方讀者具有很大的吸引力，其中原因，是劉若愚繼承了費諾羅薩（Earnest Fenollosa，1853～1908）與龐德（Ezra Pound，1885～1972）的漢字詩學傳統。﹝註2﹞雖然費諾羅薩與龐德對漢字一知半解，他們的理解充滿誤讀、曲解、想像，但卻帶來新的詮釋與想像空間，所以劉若愚的《中國詩學》也以表現詩歌的媒介，充滿意象的漢字及語言，作爲中國詩學論述基礎。

費諾羅薩撰寫的《作爲詩歌媒介的中國文字》（*The Chinese Written Character as a Medium for Poetry*），﹝註3﹞由龐德編修而成。在費諾羅薩去世的 1908 年不久，其遺孀就把遺稿付託給龐德加工出版，直至 1920 年才整理出來，這對龐德的詩學產生了極大影響。龐德得到費諾羅薩筆記後如獲至寶，他從費諾羅薩論中國文字詩學的文章中得到啓發，更加堅定地認爲，好詩應以意象爲主。儘管後來學者發現費諾羅薩的論文錯誤百出，卻在創作上給英、美詩人帶來無限的靈感。﹝註4﹞龐德高度評價費氏所寫的這篇文章，「不僅是一篇語文學的討論，而且是有關一切美學的根本問題的研究。」﹝註5﹞

費氏首先肯定文字是詩歌生長的樹根（The roots of poetry are in language），中國文字結構所具備的普世性（universal elements）就是構

﹝註2﹞ 趙毅衡《詩神遠遊：中國如何改變了美國現代詩·遠遊的詩神》（上海：中國語文出版社，2003）。

﹝註3﹞ *The Chinese Written Character as a Medium for Poetry,* by Ernest Fenollosa: *An Ars Poetica*（With a Foreword and Notes by Ezra Pound）（London: Nott, 1936）。本文引自 Karl Shapiro（ed.）, *Prose Keys to Modern Poetry*（New York: Harper & Row1962）, pp. 136～154。

﹝註4﹞ Achilles Fang, Achilles, "Fenollosa and Pound" *Harvard Journal of Asiatic Studies* ,Vol. 20（1957）: pp213～38. George Kennedy, "Fenollosa, Pound and the Chinese Character", *Yale Literary Review,* Vol 125,No.5（December,1958）, pp.24～36。

﹝註5﹞ 龐德發表費氏的《作爲詩歌媒介的中國文字》加了很多按語，見 *Prose Keys to Modern Poetry*，p.136。

成詩歌的重要元素。費諾羅薩在中文中不僅看到句子的生成，而且看到詞類的生成，一個從另一個萌芽長出。正如大自然一樣，中文詞句是活的、可塑的，事物與動作並沒有從形式上劃分開來。在他看來，中文是自然運動的速記圖畫，記錄了造字時詩的創作衝動和過程。這種視覺性的象形文字不但吸收大自然的詩的實質，而且用它來建立一個比喻的第二世界，其活力與靈巧遠勝過其他拼音文字。〔註6〕費諾羅薩指例說明，英文如「man sees horse」，我們閱讀時，只是三個字，三個發音符號的拼音文字，事物與符號之間沒有自然的聯繫。憑著詩人的想像，他說中文字「人見馬」就不一樣了，三個單字具有自然的含義。這是一幅生動的速記圖畫，記載原始自然的過程，英文則事物與符號是分開的。在「人見馬」中，首先看見那個人兩腿站立，其次看見眼睛向空間移動，眼睛之下還有跑動的雙腿，最後看見一匹馬站立，我們還可看見它的四條腿。圖像固然具體清楚，但它失去了自然的連續性（natural succession）。中文字作為詩歌的語言，所以超越無比，就因為它以象形為主，並具有與基本的時間現實性（reality of time ）。它既有繪畫的具體性，也同時具有聲音的行動性（mobility of sounds）。閱讀中文的時候，不需要不斷地思索與想像，只觀看具體物象如何自然出現眼前，我們就可以看見那些肉眼看見的和看不見的。〔註7〕

後來龐德的「中國文字詩學」或稱「漢字詩學」，以此為準，提出一整套美學觀點，終於成為現代詩歌意象派的理論基礎。

古人生活簡單，文字需求有限，創造文字以象形為本，所以象形文是符號，也是圖畫。幾千年來，社會生活越來越複雜，隨著時代前進，文字也在同步變化，經歷了甲骨文、鐘鼎文、大篆、小篆、隸書、楷書、行書，一脈相承變化至今。我們的文字具有圖畫的功能、視覺上的美感，吸引著費諾羅薩與龐德。他們是如何理解漢字的呢？一個「春」字，是「太陽低伏在茁壯的草木和枝幹之下」。一個「東」字，

〔註6〕 *Prose Keys to Modern Poetry*, p.149。
〔註7〕 同上 p.140。

是「太陽藏匿於樹木枝椏之間」。一個「男」字使他們看見「耕耘於田間的有力者」。外國人見字如看畫，從中領略漢字的眞義。儘管對中文字的結構誤解之處很多，但西方現代詩歌受到啓發，尤其意象派非常深遠。〔註8〕

龐德在費諾羅薩的遺稿中發現，漢字是可以使詞與物融合無間的理想語言。中國符號是大自然運動的速記圖畫，通過生動的形象返回自然，使語言更貼近事物。龐德繼承了費諾羅薩中國文字是表意文字，每部分都是自然之物直接體現的觀點，與他們對西方語言的反感相契合。費諾羅薩撰寫的《作爲詩歌媒介的中國文字》結束時，強調所有藝術作品的構成，如音樂、詩歌，都是由一種被稱爲泛音、弦外之音或言外之意（overtones）的巧妙和諧的調子（旋律或韻律或聯想）所構成。中文詩各個象形字所暗喻的言外之意象，激烈地在我們的眼前震動，如「日東昇」三個字所形成的句子，一邊是太陽，一邊是東方方向的符號，太陽卡在大樹的枝頭上，而中間是動詞「昇」，表示早上的太陽橫在天邊的水平線上，而那垂直的豎，穿過水平線，又使人想起樹枝。這是中文漢字形成的詩句，是一種方法的開始，一種智慧閱讀（intelligent reading）的方法。〔註9〕所以，龐德與費諾羅薩非常不滿意大漢學家如理雅格（James Legge）、翟理思（Herbert Giles）等人的學術翻譯，他們重新以漢字詩學的智慧閱讀來翻譯中國的經典著作。〔註10〕

三、王維的無語法詩學

《中國詩學》的第一部分「中文作爲表現詩歌的媒介」中，劉若愚以第一章「漢字的結構」（The Structure of Chinese Characters），深

〔註8〕 *Prose Keys to Modern Poetry*，p.147。

〔註9〕 同上，pp.154～155。

〔註10〕 關於龐德的著名翻譯，有 *Cathay, Confucian Odes* 等，詳細書目見 John Edwards, *A Preliminary Check List of the Writings by Ezra Pound*（New Haven: Yale University Press, 1953）。

入淺出從六書中的象形、指示、會意、諧聲、轉注、假借來分析中國文字的圖畫形象與聲音韻律之美，使西方讀者能超越龐德與費諾羅薩模糊不清的解說，更深入廣闊的認識漢字的奧妙。接著第二、三章，從中文單字與詞的多義性與聯想性、中文的音律聲韻之美來瞭解中國詩的聽覺效果。第一部分最後第四章，論「詩歌語言的語法結構」，劉若愚認為中國文字作為詩歌的表達媒介（medium of poetic expression），具有巨大的魔力。由於沒有名詞及稱呼詞格的變化、語法性別（genders）、詞態（moods）與動詞的形態變化等，使文字能集中描寫具體實境，簡潔扼要的表現，創造出含糊的多義性。對實用性報告來說，這是不科學的語言文字；但對詩來說，這是絕對優勢的語言。今天我們發現這種不準確、不科學的語言文字，才建立起最具科學思維的詩學。

　　費諾羅薩在《作為詩歌媒介的中國文字》指出，在語法發明之前，所有的國家早已創造出視覺很強的文學作品。他又說，中國古代詩歌作者，不知文法為何物。文法是歐洲人對語文加以強暴的法制統治，後來他們引進中國文學，尤其詩歌，都以文法的形式主義來解讀，實在非常糟糕。所以他主張重新解讀中國古典詩歌。這又影響了劉若愚《中國詩學》的論點，尤其「詩歌語言的語法結構」這一章。費諾羅薩鄭重指出，如果美術家認為藝術與詩歌是要書寫一般抽象事物，那就錯了；藝術與詩通過比喻只紀錄具體的自然景物而不是那些瑣碎的細節（particulars），正因如此，詩歌是世界上最早的藝術，而詩歌、文字往往與神話一起成長。

　　唐詩，尤其王維的作品，最能表現這種由於語法的省略而造成的詩歌多義性特點。劉若愚以王維的〈鳥鳴磵〉的最後兩句為例：

　　　　月出驚山鳥，
　　　　時鳴春澗中。

英文必須譯成：

The moonrise surprises the mountain bird

That cries now and again in the spring valley

或者：

The moonrise surprises the mountain birds
That cry now and again in the spring valley（or valleys）

中文不分別單複數，詩人不需要理會瑣碎的細節，可以而集中捕捉與書寫春夜山澗的情景。中文動詞（tense）沒有時間的變化，使詩人可不必跟從特定的時間觀點，而是沒有時空的。王維沒有邀請讀者去欣賞某個人在某個時間看見的某一個特定的春夜，只是要讀者去單純感受春夜的情景。由於動詞沒有時態的變化，王維呈現風景時，不必設定時間觀點。我們看見他所寫的春夜，不是一個特定的春夜，某個特定的人在某一特定的時間所見的。王維只要我們去感受一個春夜的本質，不是某某人所經驗的春夜。

王維詩中沒有時間感與全宇宙性，這種無我、無時間、普遍性，在我們把王維的〈鹿柴〉詩翻譯成英文，就更清楚了：

空山不見人，但聞人語響。
返景入深林，復照青苔上。
On the empty mountains no one can be seen,
But human voices are heard to be resound.
The reflected sunlight pierces the deep forest
And falls again upon the mossy ground.

主要原因是中國舊詩經常省略動詞的主語（subject of a verb），所以王維只是說「不見人」，而不是「我不見人」，或「某某人沒看見任何人」。這種省略語法結構非常科學，使詩人（王維）個性不能影響風景，因為省略的主語可以被任何人所認同，可以是讀者或任何想像中的人。這樣如〈鹿柴〉所呈現的，我們感受到完整的自然存在，山林、人聲、夕陽、青苔都是平等重要的，它們不是人的附屬品。因此中國舊詩的特點是無我的、普遍化，讀者對詩歌的體會，不可能感到失控，甚至

是文化的隔閡。比如王維只說空山，不說明是終南山還是其他特定的山，只說山鳥，不說那一種鳥；如果指明是某座山、某種鳥，讀者不認識的，就想像不出其意象或叫聲。〔註11〕

西方浪漫派的英文詩，如華茲華斯（William Wordsworth，1770～1850）詩句"I wandered lonely as a cloud"（我像一朵孤獨的雲四處漫遊），就顯得自我中心（egocentric）與世俗化。這是個人的經驗，限於某一特定的實踐與空間發生的事件，因為"wandered"是過去式，而主語"I"指定是華茲華斯本人。這麼巧，西方無我詩人的代表艾略特及其他意象派詩人，其詩學深受中國舊詩的影響。〔註12〕

在王維的詩裡，動詞與虛詞的省略，是中國舊詩的常態句法，這是律絕詩與散文不同的地方。散文主語通常出現在動詞之前，詩則兩者可以倒裝，如王維〈山居秋暝〉的「竹喧歸浣女，蓮動下魚舟」，主語「浣女」與「魚舟」都置於動詞之後，沒有用連接詞把兩者連接起來。在散文，我們會這樣處理：

> 竹喧而浣女歸，蓮動而魚舟下。

如用英文，同樣加上連接詞：

> Bamboos rustle as the washer-women return;
> Lotuses move, and down come the fishing boats.

詩歌的倒裝不但用字濃縮簡要，更能在嚴格的律絕詩中創造節律多樣化。語法結構的改變，可以打破單調的格律，如五言律詩，基本的句法是二三，但句法的改變可產生變化，王維〈山居秋暝〉：「明月松間照，清泉石上流」。本來是「明月照松間，清泉流石上」，格律如下：

> －＋／－－＋
> －－／＋＋－

〔註11〕James Liu , *The Art of Chinese Poetry* , pp.39～41。
〔註12〕參考劉岩《中國文化對美國文學的影響》（石家莊：河北人民出版社，1999）。

現在變成：

　　－＋／－－／＋
　　－－／＋＋／－

也就是說，在第四字之後作快速的停頓一下。中文句法是流動靈活的，沒有固定具體規律，不像西方語法有諸多限制。中文有如由化學物構成，不被定位成詞類（part of speech）、性別（gender）、格 （case）等，而是移動、互動，不定地變化。這使詩人能用最簡約的文字，把詩提升到無我的、普遍化的境界。〔註13〕

四、文法與詩人是永遠的敵人嗎？

　　劉若愚指出，在過去的歷史裡，文法家與詩人是不共戴天的敵人，其實他們之間沒有什麼深仇大恨。相反地，文法家可以幫忙我們理解詩歌語言的奧秘。從上述例子，可以看出中文語法的變數與流動性，沒有文法的句子結構，以及文字的圖像性，使中文變成詩歌表達的媒介，非常具有優勢。

〔註13〕James Liu , *The Art of Chinese Poetry,* pp.42～43。

第五章　王維密碼詩學

一、唐代詩格：暗藏在水深幽石孤燈木落的密碼

　　由於研究唐末司空圖（837～908）的《二十四詩品》，還有他的象外象、景外之景及韻外之致的詩學理論，[註1] 發現他的理論建構在歷代詩學之上，其論點與唐代詩格有許多相似之處。一些詩格書，如僧虛中（864～937，約生於唐文宗、宣宗年間）《流類手鑑》、徐寅（唐昭宗景福元年 892 進士）《雅道機要》、賈島（779～843）《二南密旨》與齊己（864～937？）《風騷旨格》，[註2] 這原是詩人的讀詩筆記，不少陳言老套的話，過去都不曾受重視。但是從象外象，景外之景及韻外之致的詩學理論，結合現代象徵主義的角度去閱讀，詩格中對水深、幽石、孤燈、木落等物象的詮釋，給我們提供了多種符號。在尋找作品內在的系統或結構時，這些符號發揮相當大的功效，即使異於傳統的書寫，不將語言視為一種重現，而是獨特的經驗所在，這

〔註 1〕　王潤華《司空圖新論》（臺北：東大圖書公司，1989）；*Ssu-k'ung T'u: A Poet Critic of the T'ang*（Hong Kong: Chinese University Press, 1976）。

〔註 2〕　顧龍振編《詩學指南》（臺北：廣文書局，1970），卷 3、4，頁 73～141；何文煥《歷代詩話》（臺北：藝文印書館，1971）；丁福保《續歷代詩話》（臺北：藝文印書館，1972）。張伯偉《全唐五代詩格彙考》（南京：鳳凰出版社，2002）是對詩格注意的開始。

些都不是封閉性的，而是開放性的符號，不會阻礙意義的延伸。

二、言外之意的詩學：四時物象節候，詩家血脈

「言外之意」的詩論，在中國文學史上，如黃維樑在〈中國史詩上的言外之意說〉指出，很早已被提及。〔註3〕劉勰（大約465～522）在《文心雕龍·隱秀》篇中就談到「文外之重旨」問題。後來鍾嶸（約480～552）《詩品·序》也有「文有盡而意有餘」的理論。〔註4〕到了唐代，尤其是晚唐的時候，提倡「言外之意」詩論的風氣更濃，特別在詩格那類的著作中。司空圖的《詩品》大約寫於公元889～902年間，其它詩論，也是這時期所寫。我在〈司空圖隱居華山生活考〉一文中曾指出，他隱居華山的許多年間，跟他有密切個人與文字來往的詩人中，很多是詩格作者。像李洞（？～897）著有《集賈島詩句圖》，鄭谷（851～910？）著有《國風正訣》，不過目前都已失傳了。另外虛中《流類手鑑》、徐寅《雅道機要》、齊己《風騷旨格》都是有關詩格的重要作品。這些詩格作品提供一些解讀唐詩的密碼，是可以打開唐詩文本許多奧秘的鎖匙。〔註5〕

比司空圖早一百多年出生的詩僧皎然（720～800），所著的《詩式》中有一則〈重意詩例〉，爲一重意、二重意、三重意、四重意舉例之前，他說：「兩重意以上，皆文外之旨。」〔註6〕白居易（772～846）的《金針詩格》，相傳是偽作，但也有些象徵詩學的重要論說：〔註7〕

詩有內外意，內意欲盡其理，理謂意之理……。

外意欲盡其象，象謂物像之象，日月山河蟲魚草木之類是也。

〔註3〕 黃維樑〈中國史詩上的言外之意說〉，《中國詩學縱橫論》（臺北：洪範書店，1977）頁119～185。

〔註4〕 王潤華《司空圖新論》，頁233～234。

〔註5〕 同上，頁234～235。

〔註6〕 皎然著、李壯鷹校注《詩式校注》（濟南：齊魯書社，1987），頁32～35。

〔註7〕 白居易《金針詩格》引自《中國歷代詩話》（長沙：岳麓書社，1985）頁56。

　　內外含蓄，方入詩格。

外意，很顯然的，是指物像之象，即象徵萬物外貌；內意，是說其中的象徵意義。賈島的《二南密旨》也有外意內意之說：「外意隨篇自彰，內意隨入諷刺。」他的「物象論」最值得注意。在〈論物象是詩家之作用〉，他特別強調詩人在大自然中尋找萬物來作為書寫符號：「造化之中，一物一象，皆察而用之。」在另一則〈論引古證用物象〉，他提出物象在詩歌的作用：〔註8〕

　　四時物象節候者，詩家之血脈也，比諷君臣之化。《毛詩》
　　云：「殷其靁在南山之陽」，靁比教令也。……陶潛〈詠貧
　　士詩〉：「萬族各有托，孤雲獨無依。」以孤雲比貧士也。

　　《二南密旨》在〈論總例物象〉與〈論總顯大意〉二則中，列舉了許多作為表達言外之意的物象，這是象徵詩人的手冊。下面選錄一些例子：〔註9〕

　　水深石磴石徑怪石，比喻小人當路也。

　　幽石好石，比喻君子之志也。

　　亂峰亂雲寒雲翳雲碧雲，比喻佞臣得志也。

　　白雲孤雲孤煙，比喻賢人也。

　　澗雲谷雲，比喻賢人在野也。

　　煙浪野燒重霧，比喻兵革也。

　　江湖，比喻國也，清澄為明，混濁為暗也。

　　荊棘蜂蝶，比喻小人也。

　　百家苔莎，比喻百姓眾多也。

　　百鳥取貴賤，比喻君子小人也。

　　泉聲溪聲，比賢人清高之譽也。

〔註8〕舊題《二南密旨》為賈島作，不一定可靠，引文見《詩學指南》，卷3，頁75～85。

〔註9〕同上，頁79～81。

> 黃葉落葉敗葉，比小人也。
>
> 燈孤燈，比賢人在亂而其道明也。
>
> 積陰凍雪，比陰謀事起也。
>
> 片雲晴靄殘霧殘蟬蝀，比佞臣也。
>
> 木落，比君子道消也。
>
> 螢影侵階亂，比小人道長，侵君子之位

在西方象徵主義的符號系統裡，大量利用自然象徵（natural symbolism），上引十七條便是最好的例子。但正如西方的象徵主義，有些象徵是來自人與物及其他東西，如《二南密旨》書中所舉「同志知己故人鄉友友人，皆比賢人，亦比君臣也」，及「金玉珠珍寶玉瓊瑰，比喻仁義光輝也」。在西方的系統中，有時象徵出自真實經驗（actual experience），〔註10〕如「螢影侵階亂，比小人道長，侵君子之位」便是。物、人類具有的普遍性共同經驗或歷史典故，以及作品中情節意象形成的內在關係，都可以構成自然象徵。

三、心含造化，言含萬象

　　盧中的詩格著作《流類手鑑》是晚唐重要的象徵主義宣言。他在第一部分〈詩道〉就強調詩人要「言含萬象」，用天地間的日月草木來表達內心之意：〔註11〕

> 夫詩道幽遠，理入玄微，凡俗罔知，以為淺近。善為詩人，心含造化，言含萬象，且天地日月，草木煙雲，皆隨我用，合我晦明。此則詩人之言，應於萬象，豈可易哉？

盧中這段話與西方學者對象徵主義的詮釋很相近，試看下面這段出自《普林斯頓詩與詩學百科全書》的定義：〔註12〕

〔註10〕Alex Preminger（ed），*Princeton Encyclopedia of Poetry and Poetics*（Princeton: Princeton University, 1972），pp.833～839。

〔註11〕《詩學指南》，頁 117～118。

〔註12〕同註 10。

Symbolist poetry is a poetry of indirection, in which objects tend to be suggested rather than named, or to be used primarily for an evocation of mood. Ideas may be important, but are characteristically presented obliquely through a variety of symbols and must be apprehended largely by intuition and feeling.

虛中在第二部分〈物象流類〉中列舉了五十五類象徵實例，下面舉出一些，更明白他是一個自然主義者：〔註13〕

夜，比暗時也。

殘陽落日，比亂國也。

百花，比百僚也。

浮雲殘月煙霧，比佞臣也。

蟬子規猿，比怨士也。

金石松竹嘉魚，比賢人也。

僧道煙霞，比高尚也。

蚊螻蛄，比知時小人也。

孤雲白鶴，比貞士也。

野花，比未得志君子也。

故園故國，比廊廟也。

野花，比未得時君子也。

百花，比萬民也。

樓臺林木，比上位也。

另外第三部分〈舉詩類例〉，虛中更具體引用別人的詩句，說明詩中描述的經驗過程，都在言外，並造成象徵的效果：〔註14〕

日落月未上，鳥棲人獨行。比小人獲安，君子失時也。

〔註13〕《詩學指南》，頁118～119。
〔註14〕同上，頁119。

> 白雲孤山岳，清渭半和涇。白雲比賢人去國也。
> 螢從枯樹出，蛩入破階藏。比小人得所也。
> 園林將向夕，風雨更吹花。比國弱也。

這些真實經驗（actual experience），如第四個例子，黃昏的園林遭到風雨吹襲，花落滿地，是西方詩人學者所說世人皆知的象徵（universally understood symbols），意指國危勢弱。

四、徐寅：意在象前，象生意後

徐寅（今多作寅）所作詩格《雅道機要》的後半部，揭示了象外的秘密：「凡欲題詠物象，宜密布機情，求象外。」〔註15〕

他是這樣理解意與象的關係：〔註16〕

> 凡為詩，搜覓為得句，先須令意在象前，象生意後，斯為
> 上手矣。不得一向只搆物象，屬對全無意味……。

欣賞一首詩，要了解外內之意，因為象徵是暗示，能引起聯想，它往往具有好幾層意義，可以延伸出去。徐寅以象徵比作人足和車輪，去之不能行遠，很靈活地將象徵詩的特性表述出來：〔註17〕

> 內外之意，詩之最密也。苟失其轍，則如人之去足，如車
> 之去輪，其何以行之哉？

徐衍（五代人）著有《風騷要式》，書內引用了齊己、盧中、鄭谷等人之詩與詩論，特別據以指出，物象不用，如「登山命舟，行穿索馬」，難以論詩了：〔註18〕

> 盧中云：「物象者，詩之至要，苟不體而用之，何異登山命
> 舟，行穿索馬？雖及其時，豈及其用？」

〔註15〕《雅道機要》見《詩學指南》，卷4，頁136。
〔註16〕同上，頁135。
〔註17〕同上，頁133。
〔註18〕《風騷要式》，《詩學指南》，卷4，頁108。

他也舉了許多象徵物與象徵事件，以便用來詮釋詩歌： 〔註19〕

> 登高望遠，比良時也。
> 野步野眺，賢人觀國之光也。
> 病中賢人，不得志也。
> 病起君子，亨通也。

又詮釋別人詩句來說明暗藏詩內的涵意：

> 司空曙〈自恨〉：「長沙謫去江，潭春草淒淒。」比小人縱橫
> 也。
> 劉得仁〈秋望〉：「西風蟬滿樹，東岸有殘暉。」比小人爭
> 先而據位。
> 齊己〈落照〉：「夕陽背高臺，殘鐘殘角催。」比君昏而德
> 音有薄矣。
> 鄭谷〈冬日情書〉：「雲橫漢水鄉魂斷，雲滿長安酒價高。」
> 比佞臣橫行也。

　　從這些事例可了解，晚唐詩人除使用大量自然象徵之外，也用了
不少西方詩學所說的私營象徵（private symbol），這就是爲什麼到了晚
唐，語言變得比前晦澀。如劉得仁〈秋望〉：「西風蟬滿樹，東岸有殘暉」，
爲什麼可解作「比小人爭先而據位」？如果有了盧中、徐衍所提供的密
碼：

> 西風商雨，比兵也。
> 蟬子規猿，比怨士也。
> 井田岸涯，比基業也。
> 殘陽落日，比亂國也。

用這些密碼翻譯，答案是：在兵亂之中，怨士在野，國家社會混亂黑
暗，必定小人當道，人民無安寧日子可過。

〔註19〕同註18，頁109。

五、司空圖的危橋石叢幽瀑夕陽：自然象徵與私營象徵

司空圖下面這首詩表面看來，是一首典型的隱居者之詩：〔註20〕

> 危橋轉溪路，經雨石叢荒。
> 幽瀑下仙果，孤巢懸夕陽。（〈贈步寄李員外〉）

此詩是描述野步或野眺之作。根據徐衍《風騷要式》，野步或野眺象徵賢人觀望國土，思考國情，他走到野外，橋斷無路可走，只好涉水河道，四處有荒石擋路。他在幽瀑中找到仙果，看見樹梢上的鳥巢，掛在夕陽之下。讀這首詩，如果知道晚唐詩人的象徵語言，那更能捉住言外之意。從《二南密旨》、《流類手鑑》、《風騷要式》象徵的符號，即危橋、溪路、經雨、石叢、幽瀑、仙果（聲名、政績）、孤巢及夕陽，緊密結合在一次野步或野眺的經驗之中。除了感受在野外散步時，遇到橋斷無路，被迫涉水前進，處處怪石阻擋去路，在悠悠之瀑布水流中發現仙果，抬起頭卻見夕陽佔據了樹梢的鳥巢；也把我們帶入晚唐動亂社會，一個在野賢人的遭遇：他舉目遠看全國，上宰近臣都被貶放，皇道毀壞（危橋），年年戰亂，佞臣作亂（溪路、經雨），四處小人當道（石叢），只得回到山野，保全自己的名節，堅守修身之道（幽瀑、仙果），可是在朝廷原本賢臣聚集的地方（孤巢），已被亂國之臣佔據，一片黑暗（夕陽）。

司空圖詩中的危橋、溪路、經雨、石叢、幽瀑、仙果、孤巢、夕陽，雖是自然象徵，卻接近私營象徵，大概只有當時那群象徵主義者才熟悉，否則盧中、徐衍、賈島等，也不必列舉出來，並編成小冊子了。

六、賈島：蟬的社會政治寓言與貶謫詩人書寫

唐代詩人賈島重視用物象來表達言外之意。《二南密旨》中提到：「四時物象節候者，詩家之血脈也，比諷君臣之化。」很明顯地，賈

〔註20〕司空圖詩，引自《全唐詩》（北京：中華書局，1960），卷 632，頁 7247。

島主張用詩歌來寄託君臣之道。他詩中的物象，往往可以按圖索驥，像按照密碼手冊一般，考察其深層的言外之意。下面以數首賈島的「蟬詩」（含有蟬的詩），來解讀這位苦吟詩人寄託在詩中的政治寓意。

賈島詩中提到「蟬」的極多，無法一一列舉。爲什麼賈島那麼喜歡以蟬入詩呢？蟬，從表面上看來只是自然物象，是大自然隨處可見的蟲類，以此入詩並不稀奇。如〈病蟬〉：〔註21〕

> 病蟬飛不得，向我掌中行。
> 折翼猶能薄，酸吟尚極清。
> 露華凝在腹，塵點誤侵睛。
> 黃雀並鳶鳥，俱懷害爾情。

這首詩的表層意義，可能是詩人吟詠眼前所見：一隻飛不起來的病蟬，徐徐地在詩人的掌中爬行。它的斷翅仍是薄薄的，微弱的叫聲仍是清晰的；它透明的腹部好像凝聚了露水精華，那有花點的眼睛卻好像被塵垢所沾染。詩人很替這病蟬擔心，因爲可惡的黃雀和鳶鳥都想加害於它。

但是，我們從虛中的〈物象流類〉中找到一個解讀「蟬」這個物象的「密碼」，那就是：「蟬子規猿，比怨士也。」蟬這種小蟲，因爲有了守時、守信、不平則鳴等特性，而被視爲是有道德的君子怨士。有了這樣一條線索，回頭來解讀之前那首〈病蟬〉，可以發掘其更深一層的意蘊：詩人眼中的病蟬，其實暗指遭貶謫的自己，就好像一隻折翼的蟬，無法伸展政治抱負，但仍堅持清高的操守，發出微弱的不平之鳴。「黃雀並鳶鳥」則象徵小人，意欲殺害詩人這隻「病蟬」。

再看另一首「蟬詩」〈聞蟬感懷〉：〔註22〕

> 新蟬忽發最高枝，不覺立聽無限時。
> 正遇友人來告別，一心分作兩般悲。

詩人聞蟬感懷，是深切的感同身受。蟬在賈島的詩中，除了是一般的

〔註21〕詩引自《全唐詩》卷574，頁6658。
〔註22〕同上，卷574，頁6681。

詠物描寫之外，更表現了詩人的「怨士情懷」。此詩末二句「正遇友人來告別，一心分作兩般悲」，詩人的「兩般悲」從何而來？這就得借助另一條源自賈島自己的《二南密旨》的詩格密碼：

> 同志知己故人鄉友友人，皆比賢人，亦比君臣也。

因此，詩人的「兩般悲」，一層是對賢人要離開朝廷、歸隱山林的感懷，另一層指自身懷才不遇、不受君主重用的苦悶。

接下來是一首含有更多密碼的蟬詩〈偶作〉：〔註23〕

> 野步隨吾意，那知是與非。
> 稔年時雨足，閏月暮蟬稀。
> 獨樹依岡老，遙峰出草微。
> 園林自有主，宿鳥且同歸。

此詩是一描述野外散步的作品。詩人在黃昏時分，漫步野外。這是一個雨水充沛的豐年，但在向晚的時分，蟬卻非常稀少。蒼老的孤樹依著山岡生長，幽微的遠山依稀現於草叢間。園林住了它的主人，棲息於此的鳥兒且隨詩人一同歸去。

現在先列舉一些密碼，以便解詩：

> 野步野眺，賢人觀國之光也。
> 西風商雨，比兵也。
> 飄風苦雨霜電波濤，比國令，又比佞臣也。
> 殘陽落日，比亂國也。
> 夜，比暗時也。
> 蟬子規猿，比怨士也。
> 岩嶺岡樹巢木孤峰，比喻賢臣在位也。
> 百草，比萬民也。
> 故園故國，比廊廟也。
> 百鳥取貴賤，比喻君子小人也。

〔註23〕同註22，卷572，頁6645。

由以上密碼可以得知，這首〈偶作〉充滿了物象的象徵符號：雨、蟬、獨樹、崗、遙峰、草、園林和宿鳥，而且都結合於詩人一次黃昏的野外漫步之中。詩人所見的雨足、蟬稀、獨樹、遙峰，以及園林易主，宿鳥同歸，更需配合中晚唐時期戰事四起的歷史背景來看，才能讀出詩人隱於字裡行間的無奈之情。

所謂「野步隨吾意，那知是與非」，是詩人對國家局勢的深切關懷。「稔年時雨足，閏月暮蟬稀」，暗示當時唐代正處於動蕩不安的多事之秋，戰事不斷，佞臣當道，而正直的怨士君子卻寥寥無幾。「獨樹依岡老，遙峰出草微」，是說君子賢臣不受重用，王道不存；「園林自有主，宿鳥且同歸」，則表明：既然國家宗廟已被小人佔據，那麼仍然在上位的賢人，還不如隨著歸隱的詩人一同離去，隱於山野之間好了。至此，詩人已從一隻憤憤不平、叫聲微弱的病蟬，蛻變成保持操守、隱於山野的鳴蟬。他不只決心歸隱，更鼓勵其他賢士也走上歸隱之途。

總括來說，賈島的「蟬詩」，從「蟬子規猿，比怨士也」這密碼展開，聯結其他相關的物象，吟就一篇篇感嘆王道不昭的怨士詩。

七、王維與李白：山水中的密碼

密碼詩學不是晚唐才形成，只是到了晚唐，作品眾多，爲了有效地指導遣詞用字，綜合詩歌創作的語言與意義表達，集大成的階段出現於晚唐。

再讀兩首晚唐之前詩人王維與李白的詩。王維語言直率，李白文字簡單，似乎少用象徵語言，其實並不如此。試讀王維的〈輞川閒居贈裴秀才迪〉。[註24]

> 寒山轉蒼翠，秋水日潺湲。
> 倚杖柴門外，臨風聽暮蟬。
> 渡頭餘落日，墟里上孤煙。
> 復值接輿醉，狂歌五柳前。

[註24]《全唐詩》卷126，頁1266。

這首五言律詩中可解讀的密碼有：「寒山」和「秋水」比喻衰敗的國家，「風」比喻兵，「暮蟬」比喻年老的怨士，「落日」比喻亂國。王維晚年隱於藍田輞川，「與道友裴迪，浮船往來，彈琴賦詩，嘯詠終日。」（《舊唐書・王維傳》）這首詩便是作者此時期的作品。首聯兩句交代環境、時間：依山傍水，序屬深秋。詩人以「蒼翠」為山著色，以「潺湲」為水添響，寫寒秋山色變得碧綠，而秋水潺潺，終日淌流不停。根據密碼的解釋，此聯是詩人看到衰敗的國家在安史亂後漸漸地復蘇。頷聯「倚杖柴門外，臨風聽暮蟬」，刻畫一個悠閒自得的隱者，亦即詩人的自我形象；「倚杖」點明詩人年事已高。聯繫首聯，可以想像詩人倚杖臨風，佇立柴門，在寒山蒼翠、秋水潺潺之中，聽那暮蟬淒鳴，疏落斷續，多安閒愜意！此聯的內在含義是詩人晚年歸隱藍田輞川，年老的怨士聞知國家有戰爭，從佛理來達到精神寄託。頸聯「渡頭餘落日，墟里上孤煙」，寫日暮黃昏的田園景象，渡頭尚餘一線微紅落日，村里依稀升起了幾縷炊煙。此聯內在含義指國家動亂，賢人只能在「渡頭」和「墟里」這兩個地方過著歸隱生活。尾聯「復值接輿醉，狂歌五柳前」，寫一個大醉狂歌、超凡脫俗的隱者，亦即裴迪的形象。連用兩個為人們熟知的典故，以楚狂「接輿」比道友裴迪，以「五柳先生」（即陶潛）自況，其意思是說詩人王維剛好碰到裴迪喝得大醉歸來，在他家五柳門前縱情高歌。

　　王維詩在語言層面雖然淺白，但其意義結構極其複雜。正如本書第八章〈王維日想觀詩學〉與第九章〈王維經變畫詩學〉所論，王維的田園山水往往還有宗教的想像與哲理。這首詩裡詩人膜拜般面向的寒山、秋水、落日、孤煙，應帶有日想觀宗教深層的思考意義，這是經變化的田園山水，而不止於田園山水的現實生活寫照。詩人不但享受閒居生活，他的生活也是一種宗教修行儀式：通過觀察自然景物進行思維，如唐代敦煌壁畫經變畫中的韋提希夫人觀落日或行旅者觀瀑布，從而使意念進入佛國的淨土世界。

　　〈登金陵鳳凰臺〉是李白登上鳳凰臺遠望，而傷今懷古的一首寓

意深遠的詩：〔註25〕

> 鳳凰臺上鳳凰遊，鳳去臺空江自流。
> 吳宮花草埋幽徑，晉代衣冠成古丘。
> 三山半落青天外，二水中分白鷺洲。
> 總爲浮雲能蔽日，長安不見使人愁。

本詩字面意義簡單，這座鳳凰臺從前有鳳凰在此停留。但是，自從鳳凰飛去，便存在這座空臺，只有臺前的江水還不斷地流著。吳宮繁盛時的花草，如今已都埋在荒僻的小路；東晉的顯貴官吏，也都葬在荒墳之中。三山的峰巒，一半接連到青天的外面，而秦淮河分出的二條水路，當中被白鷺洲隔斷。天上浮雲遮蔽了陽光，使詩人望不見長安，他不禁感到非常愁悶。

現從密碼來閱讀這首詩：

> 登高遠望，比賢人觀國之光也。
>
> 樓臺林木，比上位也。
>
> 鳳鶴鷺鷥，比君子也。
>
> 悠悠江水，比時光之流逝。
>
> 野花，比未得時之君子。
>
> 水深石磴石徑怪石，比喻小人當路。
>
> 浮雲殘月煙霧，比佞臣也。
>
> 白日太陽，比皇帝也。

通過以上的象徵密碼，可以看出詩人登上高處，不僅爲了觀賞眼前景物，而是要抒發自己內心的不平感受。詩人弔古傷今，由六朝的繁華因君子賢人的疏遠而一去不返，繼以想到大唐國運即將中衰，自己雖胸懷壯志，卻報國無門，佞臣小人的得勢，更使振興大唐是一個未知數。於是，詩人乃發出悲不可抑的沉重感嘆。

〔註25〕同註22，卷180，頁1836。

詩人登高望遠,觀察當時唐朝國勢,不禁聯想古時朝廷(鳳凰臺)中都是君子賢人(鳳凰)居於上位。如今,君子賢人都不在了,只有時間猶如歷史長河繼續流逝(江自流)。由於小人當道(幽徑),君子(花草)的才華埋沒、不被重視,往日繁華已不復見,晉時富貴無匹的世族士紳,全都空留下古墳荒塚。三山隱現於蒼茫無際的青天,下面秦淮河傾瀉入浩蕩奔流的長江,江河匯合處屹立著的仍是白鷺州。自然的山水景色,使詩人心底浮現了無限感觸:奸邪之輩(浮雲)迷惑君主(日),君昏臣佞,而這正是詩人無法返回長安以施展其抱負的原因。他念念不忘的是報國之志,以致發出哀愁之思。

從以上論述來看,司空圖危橋、石叢、幽瀑、孤巢、夕陽的自然象徵或私營象徵,賈島蟬的社會政治寓言與貶謫詩人書寫,王維、李白山水中的密碼,都建構了一種符號學。它不止於以溝通或意義為導向的傳統符號學,這種符號能尋找詩人的獨特經驗。它之所以在唐末才盛行,因為那時大唐已破碎,共同的思想與價值破滅,很多唐末詩人不止將語言視為重現外在世界的工具,而是自我表現手段,來表達獨特的感受經驗,其表層結構之外,還有深層結構,作品的多義性在過去全被漠視了,所以皎然便以多種意義的理論把它呼喚出來。上面列舉例子,說明不同的詩互相聯繫,構成一個網絡。

八、王維多中心的密碼詩學

把王維密碼詩學放在整個唐代的密碼詩學分析,因為王維的密碼詩學內容複雜,從中國文學傳統文化想像出發,以「桃源行詩學」開始走進中國的田園山水,使到田園山水「烏托邦化」;而王維的宗教想像「日想觀詩學」、「經變畫詩學」帶給他的山水詩非本土文化的想像與思考,超越現實的魔幻景象,在無限的空間思考和建構如夢如幻的人生與大自然,使他的山水詩具有多層意義的結構。另外,王維作為畫家的想像,把「青綠山水詩學」、「遠近法詩學」與「立體詩學」帶入詩歌,建構千變萬化景物的形狀與顏色,使山水詩藝術化。最後,

王維的「漢字語法詩學」、「無我詩學」、「密碼詩學」，把象形文字具體的視覺、象徵意義，無我、無時間、普遍性的文化符號，無窮盡、忽隱忽現地出現在山水詩之中。

　　王維的詩學結構具有多重中心、又好像沒有中心結構，一如大洋蔥，複雜難解。就如本書各章所說，在王維詩中的落日，既有傳統的「殘陽落日比亂國」的象徵，也有日想觀的佛教想像與西方淨土的宗教哲理，聯繫著佛教儀式：太陽每日落於印度西方，欲沒入地平線時，其景光輝燦爛奪目，印度人遂起崇拜敬仰之心，幻想西方處定有淨土樂園。像「長河落日圓」，就是一種所謂「同時性視象」的繪畫語言，將多個角度的不同視象，結合在畫中同一形象之上。

　　所以，本書所論的十種王維詩學不是各自獨立的存在，而是一種閱讀王維詩的方法組合，分析網絡。就如燕卜蓀（William Empson，1906～1984）所建立的七種多義性，雖說有七種，卻是共同構成一種多視野閱讀文學的方法，不能單獨使用。〔註26〕

〔註26〕William Empson，*7 Types of Ambiguity*（New York:New Directions, 1964）。

第六章　王維遠近法詩學

一、王維的遠近法詩學：
遠人無目，遠樹無枝，遠山無石

　　生活經驗中，大家都瞭解近者物象大而清楚，遠則物象小而漸弱或淡，從物象的大小變化中，不論繪畫或立體造形表現，都能體會空間的存在。遠近法或稱透視法（perspective），是描繪形狀的法則，也是詮譯空間景物的最佳方法。豐子愷（1889～1975）在〈文學中的遠近法〉中，引用下圖來說明遠近法中景物的呈現原則：〔註1〕

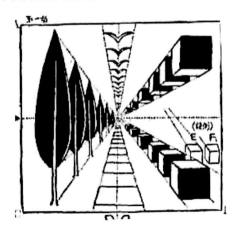

〔註1〕豐子愷〈文學中的遠近法〉，《繪畫與文學》（台北：臺灣開明書店，1973），頁1～15。

當我們把眼前景物繪畫在平面紙上，沒有了距離，這時景物形成了另一種次序，最常形成的現象有下面五種：

一、把遠近的景物平面化後，失去距離。

二、凡景物距離愈遠，其形愈小，如圖裡的樹木與方形圖案。

三、凡在視線上的，景物愈遠，其在畫面的位置愈低，如圖案中間上端的小鳥。

四、凡在視線下的，景物愈遠，其在畫面的位置愈高，如圖案中間下端的人行道、樹木與方格。

五、在視線上下的地方，常出現「連接」的視覺現象，如人行道與小鳥。

豐子愷同時指出，中國古人描寫景物的詩詞，其中常有遠近法的存在，不過是無形無狀的。古代詩人往往是畫家，對自然景物同樣觀照，只是畫家用線條、形狀與色彩，詩人用語言、文字來描繪。過去研究王維詩歌或研究中國繪畫史的學者，都知道王維是詩人也是畫家，[註2] 目前研究，主要是繼承與發揚歷代詩話所指出的，王維詩中有畫，畫中有詩圖象與顏色的關係。[註3] 豐子愷用遠近法來建構中國詩詞的一種重要詩學，是一家之言，也是重大的發現，卻沒有受到注意。現嘗試從遠近法的五項法則來閱讀王維的詩，[註4] 希望能更深入、全方位地暸解王維山水田園景象的變形與藝術境界。

〔註2〕 如 Lewis Calvin and Dorothy Brush Walmsley, *Wang Wei the Painter-Poet* (Rutland, Uermont: Charles Tuttle ,1968）, Marshal Wagner, *Wang Wei* (Boston: Twayne Publishers,1981）；Osvald Siren ,*The Chinese on the Art of Painting*（Hong Kong: Hong Kong University Press,1971）；童書業《唐宋繪畫史》（香港：萬業出版社，大約 1960），頁 32～40。

〔註3〕 如張志岳〈畫中有詩：試論王維詩的藝術特點〉，《唐詩研究論文集》，第二集（香港：中國語文學社，1969）；皮述民《王維探論》（臺北：聯經，1999），頁 54～67。關於歷代詩話所指出的王維詩中有畫、畫中有詩的討論，見鄭賢順《古詩話與現代批評對王維評價的比較研究》（1995 新加坡國立大學中語系榮譽班畢業論文）。

〔註4〕 賴品光《王維詩中的色彩研究》（1978 新加坡國立大學榮譽班畢業論文），甚有新意。

　　其實，遠近法與被認為是王維著作的〈畫學祕訣〉非常相似。〔註5〕王維的詩畫都傾向「肇自然之性，成造化之功，或咫尺之圖，寫千里之景，東西南北，宛爾目前。」這表示王維愛寫遠大風景。他知道遠者微小，因為「遠人無目，遠樹無枝，遠山無石，隱隱如眉。」王維也說視線以下者在遠處則高，視線以上者在遠處則低，上下的景物必發生連接現象，所舉例子如「遠水無波，高與雲齊」，或「遠岫與雲容相接，遙天共水色交光」，全是由遠近法的規律產生的景物。

　　兼為唐代的畫家與詩人，王維以形狀色彩畫畫，用語言文字寫詩，儘管表現工具不同，同樣依遠近法來觀照自然景物，按遠近法在畫面或詩裡建構山水。欲解讀王維詩歌，遠近法詩學可以印證他的詩歌藝術。他的〈畫學祕訣〉也是〈寫詩祕訣〉。從王維詩中遠近法結構來看，更相信〈畫學秘訣〉不是偽作。

二、把遠近的景物平面化後： 樹杪百重泉

　　畫家把遠近景物畫在紙上，立體景物原有遠近的差別，平面化以後，失去距離，其存在空間的次序就要重組。經過遠近法重組地理空間位置，所見猶如透過玻璃眺望景物，呈現平面的狀態。請讀王維〈送梓州李使君〉：

> 萬壑樹參天，千山響杜鵑。
> 山中一夜雨，樹杪百重泉。
> 漢女輸橦布，巴人訟芋田。
> 文翁翻教授，不敢倚先賢。

其中「山中一夜雨，樹杪百重泉」兩句詩的視覺，似乎是錯覺的，樹枝上怎麼有泉水奔流而下呢？原來山中下了一整夜的大雨，泉水形成

〔註5〕趙殿成箋注《王右丞集箋注》，下冊，頁489～493。

瀑布從山崖激流而下，從很遠的地方望去，王維與瀑布之間有樹木，
他是透過樹枝的空間看見瀑布的。王維兼爲一個畫家與詩人，不會以
理性語言文字描述：我透過樹林（枝）的空隙，看見遠處的瀑布從山
崖激流而下。他以畫家手法，把景物畫在平面的宣紙上，視野就像透
過玻璃所見，把複雜的景物濃縮簡化，改科學的語言爲感性的語言「樹
杪百重泉」。取消樹木與山泉之間的距離，泉水看起來就緊貼樹枝，
這樣便形成瀑布在樹枝之間奔流的視覺，平凡的景象神話化了，生活
就變成詩。這就是費諾羅薩（Earnest Fenollosa，1853～1908）與龐德
（Ezra Pound，1885～1972）的「漢字詩學」所說：「詩歌、文字，往
往與神話一起誕生成長」（poetry, language, and the care of myth grew
up together）。〔註6〕1999 年 5 月 22 日，我實地考察了藍田王維的輞
川別墅遺址，在我拍的照片中，一棵銀杏樹呈現「山中一夜雨，樹杪
百重泉」的景象（見本書附錄圖十五）。

　　學者相信這株銀杏樹爲當年王維親手所植。透過樹枝，山壁上清
楚可見下雨時所形成瀑布沖流而下的痕跡。樹與山距離很遙遠，大約
半公里多，中間有很大的山谷，可是在平面的照片上，沒有了距離，
樹木好像緊貼山崖。由於與「山中一夜雨，樹杪百重泉」描寫的很相
似，這是否就是王維當年所見的情景呢？

　　王維這首詩的第一句「萬壑樹參天」的「樹參天」，已有視線上
（天）下（樹）的多層遠近法產生的平面景象。樹如何高，也不可
能「參天」，這樣的景象形成，因爲天愈遠，在畫面愈低，樹在視線
下，愈遠則愈高。這幅景象落在平面的紙上，自然看見樹都進入了
天頂。

　　再看王維〈山居秋暝〉這首詩：

〔註 6〕 *The Chinese Written Character as a Medium for Poetry,* by Ernest
Fenollosa: *An Ars Poetica*（With a Foreword and Notes by Ezra Pound）
（London: Nott, 1936），本文引自 Karl Shapiro（ed.），*Prose Keys to*
Modern Poetry（New York: Harper & Row, 1962），P.146。參考本書第
四章〈王維的漢字語法詩學〉。

> 空山新雨後，天氣晚來秋。
> 明月松間照，清泉石上流。
> 竹喧歸浣女，蓮動下漁舟。
> 隨意春芳歇，王孫自可留。

其中「明月松間照」也是平面化的視覺景象。天上的景物，尤其日月星辰，距離遙遠，望去好像不是立體的，但是天然的景物，最易平面化，王維在「明月松間照」裡，把月亮與松樹的距離取消，明月變成掛在松樹之間的東西，這樣才能把黑夜的溪流照得非常明亮，連溪水流過的石頭都看得很清楚。這又是一則王維的山中神話。

王維的遠近法詩句，很少是單獨出現的，景象通常由幾種視線構成。如「竹喧歸浣女，蓮動下漁舟」，平面化的效果，使竹與浣女，蓮與漁舟沒有距離，才製造出互聯關係。王維更在平面化的景象加入了動感與聲音。

三、景物距離愈遠，其形愈小：
　　窗中三楚盡

王維為自己定下作畫的規矩，所謂「遠人無目，遠樹無枝，遠山無石，隱隱如眉」，遠看與近看，景物大小，當然大大不同。在〈桃源行〉裡，「遙看一處攢雲樹，近入千家散花竹」，乃景物距離愈遠，其形愈小的最好說明。王維有一首〈登辨覺寺〉，全詩如下：

> 竹徑從初地，蓮峰出化城。
> 窗中三楚盡，林上九江平。
> 輭草承趺坐，長松響梵聲。
> 空居法雲外，觀世得無生。

詩中「窗中三楚盡」之句，最能說明遠近法中景物愈遠，其形愈小的法則。王維這首詩，寫的是登湖北廬山遠眺所見。楚國強盛時幾乎控制了中國的南半邊，湖北、湖南、江蘇、安徽、浙江等都屬楚的疆域，舊稱東楚、西楚、南楚為三楚，也有稱江陵為南楚、吳為東楚、彭城

為西楚。這麼大的疆域怎麼可能容納在小小的窗口？原因很簡單，詩人站在窗邊，古老的楚國在遙遠天邊，當然變得很細小，象徵霸權消失或三楚歷史遭遺忘。製造或尋找這種時空錯亂所導致的魔幻現實，往往是詩與藝術誕生的時機。

景物愈遠，其形愈小，很明顯多是登高遠眺所致。王維在〈別弟縉後登青龍寺望藍田山〉這首詩中，一層一層說明離別的人，愈走愈遠，即使登高遠眺，也無法看見：

> 陌上新別離，蒼茫四郊晦。
> 登高不見君，故山復雲外。
> 遠樹蔽行人，長天隱秋塞。
> 心悲宦遊子，何處飛征蓋？

詩人遠望，四面蒼茫，一片模糊，什麼都看不見。登高再遠望，因為人（宦遊子）、車（飛征蓋）很渺小，又在遙遠處，被樹林遮住，所以「蒼茫四郊晦」、「遠樹蔽行人，長天隱秋塞。」王維〈畫學秘訣〉不但提出構景要分遠近大小，如「遠水無波」；平面化，如「遠景煙籠，深巖雲鎖」；或視線上下時景物交叉，如「遙天共水色交光」；而且景物要分陰晴氣象，還有早晚四季。加上寫詩如畫畫，「凡畫山水，意在筆先」，他的山水詩，都有言外之意。

四、視線上的，景物愈遠，其在畫面的位置愈低：雲黃知塞近

遠近法法則之一，「凡在視線上的，景物愈遠，其在畫面的位置愈低」，王維詩〈隴上行〉一詩正好說明：

> 負羽到邊州，鳴笳度隴頭，
> 雲黃知塞近，草白見邊秋。

其中「雲黃知塞近」，雲是視線以上的景物，它愈遠，就愈低，在沙漠上，受了地面黃色的影響，走向塞外的人，看見遙遠天上雲層變黃，

就知道前面是沙漠。草在視線以下，愈遠在畫面愈高，草結了白霜，看見沙漠生長秋天變白的草，就知道行旅到達寒冷的邊疆地帶了，所以說「草白見邊秋」。天在視線以上，在廣闊的原野上，永遠是最低的。〈田園樂〉之一「山下孤烟遠村，天邊獨樹高原」，為什麼遠在天邊還可見獨樹？其實樹很靠近眺望者（詩人），天在遙遠處，卻出現在樹底下，這樣就形成「天邊獨樹」的奇怪景象。

王維〈輞川閒居贈裴秀才迪〉「渡頭餘落日，墟里上孤烟」，落日不在天頂而落到西邊，與渡頭尚有距離，一輪落日如何落入渡口水面？而村落人家炊煙，又如何直上雲霄不散？其實，日是視線上，而煙是視線下景物的錯位視覺。〈鳥鳴磵〉呈現的也是遠景：

> 人閒桂花落，夜靜春山空。
> 月出驚山鳥，時鳴春澗中。

其中「月出驚山鳥，時鳴春澗中」，明月在天，怎能把睡夢中的山鳥驚嚇到亂飛？這是從遙遠的地方望去，月亮在視線以上，畫面就呈現愈遠愈低的景象，大大而光亮的月似乎落在山頭的樹枝上。鳥鳴的聲音，是叫人猜測山鳥是被月出所驚嚇的。

五、視線下的，景物愈遠，其在畫面的位置愈高：
　　江流天地外

王維〈畫學秘訣〉說的「遠水無波，高與雲齊」，或「遠岫與雲容相接」，所見的就是視線下的景物。這種景象常出現在他的山水詩中。〈出塞作〉有「白草連天野火燒」之句，白草是北方沙漠的野草，乾枯時呈白色，茫茫沙漠在視線下，自然與視線上的天空相連，乾旱天熱，常燃燒起來，遠看就像紅紅野火連天也燒了。野火燒天，白色的草變成紅色火焰，這種如幻如夢之景是視線上下交錯而產生的。再讀王維的〈漢江臨汎〉：

> 楚塞三湘接，荊門九派通。

> 江流天地外，山色有無中。
> 郡邑浮前浦，波瀾動遠空。
> 襄陽好風日，留醉與山翁。

「江流天地外，山色有無中」，江在視線以下，天在視線以上，畫面
上，江愈遠愈高，天愈遠愈低，呈現「江流天地外」的奇特景象，即
大河在天上橫行而過；「山色有無中」，視線上的天空與白雲在遙遠
處，愈遠愈低，與視線下的山脈混成一體。

〈送張判官赴河西〉：
> 單車曾出塞，報國敢邀勳。
> 見逐張征虜，今思霍冠軍。
> 沙平連白雪，蓬卷入黃雲。
> 慷慨倚長劍，高歌一送君。

「沙平連白雪，蓬卷入黃雲」中的沙平與蓬卷都在視線以下，沙漠與
遠處的高山白雪，因為一下一上，形成結合的現象；蓬卷在遠處，往
高出現，最後上了天空，與黃雲合而為一。

六、視線上下，出現連接：
白草連天野火燒

視線以上的景物愈遠，其在畫面的位置愈低；視線以下的景物愈
遠，其在畫面的位置愈高。視線上下的地方都有遠的景物，如天與地時，
兩種景物自然在視線上下連接。連接的狀態構成種種圖象，千變萬化。
上面引用過的「白草連天野火燒」，火燒天的錯覺由草與天的交錯所形
成。「沙平連白雪，蓬卷入黃雲」，也是視線上下連接所致。沙怎麼上了
高山與白雪結合起來，蓬草怎麼走上天空與黃雲合而為一？都是視線上
下連接，平面化的構圖結果。前引〈漢江臨汎〉一詩，其中兩聯：

> 江流天地外，山色有無中。
> 郡邑浮前浦，波瀾動遠空。

王維是詩人，也是畫家，他寫詩與畫畫都使用了遠近法。「江流天地外」，是江河與天空連接；「山色有無中」，是山與天空雲霧連接。「郡邑浮前浦，波瀾動遠空」，也是典型例句，郡邑在水上漂浮，湖水的波浪似乎拍打著天空，這是多麼神奇的現象！其實是按他所見而描繪出來的。

七、遠近法透視下多焦點的風景：
　　郡邑浮前浦，波瀾動遠空

　　豐子愷在〈文學中的遠近法〉舉出很多例子，說明古人寫景物的詩詞，尤其唐詩，常常使用遠近法，如：

　　　　景物距愈遠，其形愈小：「檻外低秦嶺，窗中小渭川。」（岑參）

　　　　視線上：「野曠天低樹，江清月近人。」（孟浩然）

　　　　視線下：「黃河遠上白雲間。」（王之渙）

　　　　視線下：「黃河之水天上來。」（李白）

　　　　視線上下相連接：「洞庭秋水遠連天。」（劉長卿）

值得注意的是，就如豐子愷在〈文學中的遠近法〉中所顯示，唐代詩人的寫景詩，具有遠近法的規律圖象，主要一首詩中只有一句，而且停留在比較原始的平面化結構，不是視線下的景象，就是視線上的，或者遠景，或者視線上下連接，並沒有幾種現象集中交叉在一首詩中，不出現靜態與動態、時間與光暗的變幻。〔註7〕像上面討論過的〈漢江臨汎〉：第一句及第二句「楚塞三湘接，荊門九派通」，描寫遙遠的楚塞，景物變小，三湘之水結合起來，荊門那地方，九條江水一起通過。這些都是詩人寫遠景時通過距離消失而產生的神奇變化。第三、第四句「江流天地外，山色有無中」，視野更遠大，把視線上下的景物畫下來。然後又出現遠景（郡邑浮前浦），及視線上下相連的

〔註7〕豐子愷〈文學中的遠近法〉，《繪畫與文學》，頁1～15。

景觀（波瀾動遠空）。這種由複雜的遠近法詩學產生的詩，是王維山水寫景的一大特色。再看〈登辨覺寺〉如下：

> 竹徑從初地，蓮峰出化城。
> 窗中三楚盡，林上九江平。
> 輭草承趺坐，長松響梵聲。
> 空居法雲外，觀世得無生。

「竹徑從初地」、「窗中三楚盡」到「林上九江平」呈現三種透視法：平地的道路向高處延伸到遠處山坡的竹林小道（愈遠愈高），三楚地廣，在遙遠之處，像一幅畫，出現在小小的窗口上（愈遠愈小），而那九條河水，高高的在樹林上頭流過（河水在視線下，愈遠愈高），因為太遙遠，那九條河縮小併成一體。從王維的透視法所見的景物狀態是複雜的、變化萬千的。

八、遠近法透視下七彩繽紛的風景：
　　雨中草色綠堪染，水上桃花紅欲然

王維遠近詩學的詩，不但具有繪畫的形狀結構，而且染上繪畫的色彩。作為畫家，他對大自然色彩感受敏銳。如上面討論過的〈隴上行〉中的「雲黃知塞近，草白見邊秋」，將風景塗上沙漠的莽莽黃色與塞外秋天寒霜的白色。再如〈送邢桂州〉的「日落江湖白，潮來天地青」，寫出天連水水連天的風景以外，還精心加上大自然的顏色。他將光、色、態有機地融合起來。上句寫靜態，視線下的洞庭湖一望無際，延伸到天上；太陽如在湖裡，夕陽的餘暉反射水面，光亮如鏡，閃爍著白光。下句寫動態，景觀在視線上下間，形成天連水水連天，藍天綠水，在滾滾浪潮中，天地染成青色。遠近法透視下的風景，不但空間次序起了變化，連宇宙色彩也變幻莫測。這是王維遠近法的山水最具魔幻寫實的境界。

在〈輞川別業〉的顏色，就具有魔幻般的生命力量，它會走動：

> 不到東山向一年，歸來纔及種春田。

> 雨中草色綠堪染，水上桃花紅欲然。
> 優婁比邱經論學，傴僂丈人鄉里賢。
> 披衣倒屣且相見，相歡語笑衡門前。

「雨中草色綠堪染，水上桃花紅欲然」，深深的草綠色，把周圍環境染綠了，桃花的紅色非常濃烈，在水上燃燒起來。過去學者已注意到王維用色的技巧。其實這是透過遠近法的平面化繪畫畫面，才能達到的效果。草與週圍環境，花與水都有距離，但平面化後，沒有了距離，環境與水的顏色必然受到影響。〈山中〉是以工筆細描的一幅畫：

> 荊溪白石出，天寒紅葉稀。
> 山路元無雨，空翠濕人衣。

詩人所以能突出溪水中石頭的白、樹林中秋葉的紅，以及山路的綠，因爲這是一幅遠望山中的一條溪流、一條山路的透視畫。詩人從露出水面的白石這段溪流望去，白石在前，又在視線下，愈遠的白石在畫面的位置就愈高；紅葉在後，這樣才能顯現白石的突兀，可把紅葉遮蔽。同樣，從山路一段望去，耐寒的翠綠草木，也是視線以下，愈遠在畫面的位置愈高，它的綠就變得很耀眼了。

九、進入遠近法風景的方向與角度

如何進入王維遠近法所創造出來的山水景物？可從遠近法新創造的自然次序、魔幻的現實境界開始。根據上面分析，確定王維透視景物的方向與角度，是讀他的山水詩的關鍵所在。像〈書事〉詩中描繪：

> 輕陰閣小雨，深院晝慵開。
> 坐看蒼苔色，欲上人衣來。

一個人獨坐深院，連院門也懶得打開，一片寂靜，院子裡的蒼苔好像要爬上他的衣服。要進入此魔幻的現實境界，必確定王維站在那裡，從什麼角度看那個人。蒼苔好像要爬上人的衣服，不是詩人的幻覺，

蒼苔移動，是因為遠近法所建構的圖象。詩人構圖時的視野是：從地上生長綠色蒼苔庭院這邊望去，這塊生長綠色蒼苔土地很寬很廣，盡頭才是那位獨坐庭院的人；這樣視線下的蒼苔，畫面上愈遠就愈高，最後與高居室內的人沒有了距離，它的綠色自然感染四周景物，包括人的衣服。因此，整首詩表現出，蒼苔在庭院空間四處移動，有生命的，雖然這庭院寂靜無聲，人類也靜止不動。

王維遠近法的景象，不一定從固定的方向去定位取景，像〈終南山〉：

太乙近天都，連山到海隅。
白雲迴望合，青靄入看無。
分野中峰變，陰晴眾壑殊。
欲投人處宿，隔水問樵夫。

詩一開始，向前遠眺終南山的主峰太乙，原在視線下的太乙，在無際的天空下，高聳入雲霧中，所以說它接近眾神居住的天都。再往東邊遠望，太乙延伸到東海之濱。第二聯走進山中向前與向後看，形狀、顏色、陰晴都不一樣。這是遠近法複雜演化的筆法。平實的遠近法，落在王維的手中，超越現實、打破單一的視線，〈華嶽〉最能代表王維的魔幻手法：

西嶽出浮雲，積翠在太清。
連天疑黛色，百里遙青冥。

翠綠的華山與藍色的天空在視線上下的交疊下，華山千變萬化，於宇宙太空之間產生各種色調與神話。景象陰晴轉換，華山變成白（浮雲）、翠、黛、青不同的顏色；地理位置轉換時，華山的形象也跟著浮雲、太清、連天，而變幻無窮。

十、咫尺之圖，寫千里之景

王維〈畫學秘訣〉說：「妙悟者不在多言，善學者還從規矩。」

他的山水詩雖然短小，一如他的水墨畫理論，多寫千里之景：「夫畫道之中，水墨最爲上。肇自然之性，成造化之功，或咫尺之圖，寫千里之景，東西南北，宛爾目前，春夏秋冬，生於筆下。」他就構圖的基本方法，一一列舉。其中不少規律，就是遠近法。「遠人無目，遠樹無枝，遠山無石，隱隱如眉」，是遠者微小的法則。還有「遠水無波，高與雲齊」，與「遠岫與雲容相接，遙天共水色交光」，是說明遠近法中視線以下者，遠處則高，視線以上者，遠處則低，上下的景物必發生連接現象。王維遠近法的規律不但與景物的位置有關，對其形狀，也描述得很詳細：如「遠山須宜低排，近樹唯宜拔迸」、「凡畫林木，遠者疎平，近者高密」。王維更細心地規定春夏秋冬、早晚雨晴、有風無雨、有雨無風時大自然景物的形態與顏色，如「雨霽則雲收天碧」、「晚景則山銜紅日」、「春景…水如藍染，山色漸青」。王維以上理論全面實驗在他的山水詩歌裡面，所以他的詩歌不但含有複雜結構的遠近法，而且超越了黑白的水墨畫，變成水彩畫，超越了山水寫實而成爲魔幻寫實。

　　以陶文鵬選析的《王維詩歌賞析》〔註8〕爲例，在其所收錄的王維六十多首詩中，近一半具有遠近法的景象。究其原因，陶文鵬雖然沒有談到遠近法詩學的結構，但在他的分析裡，已注意到王維山水詩中的畫境，常以繪畫方法來比喩其詩歌語言，因此選析具有遠近法景象的詩比率很高。尋找王維以語言文字建構田園山水遠近法的視野，是閱讀王維詩重要的鑰匙。

〔註 8〕陶文鵬選析《王維詩歌賞析》（桂林：廣西教育出版社，1991）。

第七章　王維立體詩學

一、樹杪百重泉：瀑布掛在立體的樹上

　　1908 年，巴黎秋季沙龍的展覽上，野獸派畫家馬蒂斯（Henri Matisse,1869～1954）看到畢卡索（Pablo Picasso, 1882～1973）和布拉克（Georges Braque, 1882～1963）那些風格新奇獨特的作品時，不由得驚歎：「這不過是一些立方體呀！」。同年，評論家沃塞爾（Louis Vauxcelle,1870～1943）於 *Gil Blas* 雜誌借馬蒂斯這一看法，對布拉克展於卡思維勒畫廊（Daniel-Henry Kahnweiler Gallery）的作品評論說：「布拉克藐視形式，將一切東西，如地點、物體、屋子，都縮減成幾何形式及立方體」（M. Braque scorns form and reduces everything, sites,figures and houses, to geometric schemes and cubes）。他首先採用「立體主義」這個字眼。後來，用作對畢卡索和布拉克所創畫風及畫派的指稱，「立體主義」（Cubism）的名字便約定俗成了。〔註1〕

　　布拉克於1908年來到埃斯塔克(l'Estaque)，是塞尚（Paul Cezanne,1839～1906）晚期創作許多風景畫的地方。布拉克在那裡開始通過風

〔註1〕 立體主義的個別畫家與作品介紹，見 http://www.artchive.com。本書圖片取自這個網頁；可參考 Douglas Cooper, *The Cubist Epoch* （London: Phaidon,1970）。中文文獻參考李宏《西方現代繪畫欣賞》，見 http://ccd.zjonline.com.cn/xfhh/

景畫來探索自然外貌背後的幾何形式。其〈埃斯塔克的房子〉（Houses at L'Estaque,1908），便是當時的典型作品。這幅畫中，房子和樹木皆被簡化爲幾何圖形（見書末附錄圖七）。

這種表現手法顯然出自塞尙。塞尙把大自然的各種形體歸納爲圓柱體、錐體和球體（the cylinder, the sphere and the cone），布拉克更進一步地追求這種自然物象的幾何化表現。他以獨特的方法壓縮畫面的空間深度，使畫中的房子看起來好似壓扁了的紙盒，界於平面與立體的效果之間。景物在畫中的排列並非前後迭加，而是自下而上推展，這樣，使物象一直達到畫面的頂端。畫中所有景物，無論是最深遠的還是最前面的，都以同樣的清晰度展現於畫面。

物體、風景縮減成幾何立方體，以獨特的方法壓縮畫面空間深度的繪畫手法，與王維的立體詩學一致。〈送梓州李使君〉，就呈現幾何圖形美的結構：

> 萬壑樹參天，千山響杜鵑。
> 山中一夜雨，樹杪百重泉。
> 漢女輸橦布，巴人訟芋田。
> 文翁翻教授，不敢倚先賢。

很明顯地，王維從畫家的角度，[註2]「萬壑樹參天，千山響杜鵑」兩句，創造了立體感的圖象。參天大樹原來與千山萬嶺有巨大距離，山在視線以上，愈遙遠，出現在平面上就愈低，而眼前的樹在畫面處於高位，形成參天大樹，矗立在群山之上，而不是與山脈的黛綠色混成一片。樹高高豎立，平面化的畫面變成立體，山與樹出現在畫面原是扁平的，由於位置調換而具有三度空間的感覺，那是在二維平面上表現三維空間的新手法，這種手法亦見於另兩句詩「山中一夜雨，樹杪百重泉」所形成的畫面中。

〔註 2〕Lewis Calvin & Dorothy Brush Walmsley, *Wang Wei the Painter* （Rutland, Vermont: Charles Tuttle, 1968）。

　　通過對空間與物象的分解與重構，組建繪畫空間及形體結構，與繪畫最大的相似，就是把空間距離抽掉。「山中一夜雨，樹杪百重泉」，王維將山中下了整夜的雨水，縮小而成爲衝力巨大的瀑布，從高山上沖下。原來瀑布距離樹林很遙遠，平面化以後，抽掉了距離，瀑布就與樹合成一體，而且變成立體的方塊。1992 年，到王維的藍田輞川別墅考察，傳說中王維別墅的遺址，還有相信是王維手植的幾棵銀杏樹，向樹的右方眺望，遠隔一個峽谷的山腰，清楚看見有瀑布沖流而下的水道痕跡，因爲整個輞川水道湖泊都乾枯，瀑布也就消失了，只剩下赤裸裸的沙土。拍的照片，山上流下的泉水好像掛在樹枝上，從樹頂往左而沖下的白色痕跡也歷歷可見（見本書末附錄圖十五）。

　　詩人畫家王維，有意消除銀杏樹與背景間的遠大距離，使所有事物在同一個畫面顯現出來，從而製造錯覺來突出藝術美感。

二、唐代詩人以透視法寫詩

　　運用繪畫的遠近法或透視法（perspective）寫詩，即消除距離，使到原來立體的景物平面化後，形成另一類存在的狀況與次序。前章提及，豐子愷在《繪畫與文學》書中，有一章〈文學中的遠近法〉，注意到中國舊詩中透視法所造成景物的複雜變化。他引用的例子，多來自唐詩。〔註 3〕

　　所謂遠近法或透視法，是把眼前原來立體的景物看作平面化，眼前一景一物，與我們的距離遠近不一。變形主要由四種不同的視覺形成：（一）景物距離愈遠，其形愈小；（二）視線下的景物距離愈遠，其在畫面的位置愈高；（三）視線上的景物距離愈遠，其在畫面的位置愈低；（四）兼看視線上下，如天地、天海，景物會相連相接。

　　把立體平面化，必然引起複雜變化。詩人用文字表達，其筆下的風景固然合乎遠近法，往往從多個視點觀看風景，即是把不同角度的

〔註 3〕豐子愷〈文學中的遠近法〉，《繪畫與文學》（臺北：臺灣開明書局，1959），頁 1～15。

景物同時在畫面呈現，造成立體感覺。這種平面的立體感，是豐子愷所沒有察覺的。

王維及其它詩人都沒有正面論述立體主義。當畢卡索等人在西方開創立體主義畫派時，法國詩人 Gullaume Apollinaire （1880～1918），由於自己也是畫家，他馬上肯定立體主義的藝術手法，認爲藝術家應該放棄模仿與重復自然的空間與視野，用另一種審美觀，把現實非人性化與歪曲，來創作幾何化的結構美與「第四空間」。詩人與畫家聯合起來的努力，可以把自然的面貌更新，注入新的生命，以表達現實內在而不是外在的意義，也因此突破了人類的想像極限。〔註4〕

三、創造幾何化的結構美

立體派畫家受到塞尙「用圓柱體、球體和圓錐體來處理自然」的思想啓示，試圖在畫中創造結構美。他們努力消減作品的描述和表現成分，力求組織起幾何化傾向的畫面結構。雖然作品仍然保持著一定的具象性，但是從根本上看，作畫的目標卻與客觀再現大相逕庭。他們從塞尙那裡發展出所謂「同時性視象」的繪畫語言，將物體多個角度的不同視象，結合在畫中同一形象之上。〔註5〕例如畢卡索的〈亞維農的少女〉（Les Demoiselles d' Avinyo, 1907），正面的臉卻畫著側面的鼻子，而側面的臉倒畫著正面的眼睛（見本書末附錄圖八）。〈亞維農的少女〉是第一件立體主義的作品。同一平面表現立體的多面，是人物、形體分解成幾何塊面，互相重迭組合，巧妙地將物體的不同角度同時呈現在一個畫面上。

請讀王維的〈使至塞上〉：

單車欲問邊，屬國過居延。

〔註4〕Gullaume Apollinaire，translated by Peter Read, *The Cubist Painters*（Berkeley: University of California,2004）。法文本原出版於 1913 年。

〔註5〕李宏，〈分解與重構──立體主義繪畫〉，《西方現代繪畫欣賞》，見 http://ccd.zjonline.com.cn/xfhh/。

　　征蓬出漢塞，歸雁入胡天。

　　大漠孤煙直，長河落日圓。

　　蕭關逢候騎，都護在燕然。

在寫這首詩時，王維似乎以各種形體及立方體構成畫面，利用平面（大漠）、直線（孤煙直）和圓形（落日圓）、方體（長河），塑造凹凸，並追求強而有力的節奏感，在扁平的大沙漠上，讓立體的孤煙、落日、長河，構成一幅立體派的畫，結果沙漠也豎立起來。「大漠孤煙直，長河落日圓」，與在畢卡索〈亞維農的少女〉正面的臉卻畫著側面的鼻子，而側面的臉倒畫著正面的眼睛，有異曲同工之妙。正如尚永亮指出，落日不一定掉進長河裡，〔註6〕王維就是採用立體派「同時性視象」的繪畫語言，將物體多個角度的不同視象，結合在畫中同一形象之上。「大漠孤煙直，長河落日圓」，其實就是「同時性視象」。

　　西方立體派對繪畫結構進行理性分析，通過空間與物象的分解與重構，組建繪畫空間及形體結構。王維也如此，充滿非凡的創造性，使中國山水詩歌的視覺想象出現革命性突破，傳統的風景變了形，摧毀古典的審美觀。這幅「大漠孤煙直，長河落日圓」以詩構成的畫，不僅比例，就連自然有機的完整性和延續性，都遭到否定。所有東西，無論是形象還是背景，都被分解為帶角的幾何塊面。這些碎塊不是因為遠近法或透視法而呈現扁平，卻具有某種三度空間的感覺。從這幅畫，又可見到在二維平面表現三維空間的新手法，以致該畫看起來好像表現的是一幅浮雕的圖象。上面談過「萬壑樹參天，千山響杜鵑。山中一夜雨，樹杪百重泉」的景象也有這樣的效果。

四、同時性視象語言：從單一視點到多重視野，建立新空間概念

　　以畢卡索〈亞維農的少女〉為例，畫面中央兩個形象臉部是正面

〔註6〕尚永亮〈長河與王維〈使至塞上〉中的幾個問題〉，《長江學術》第七期（2005年1月），頁173～175。

的，其鼻子卻畫成側面；左邊形象是側面的頭部，眼睛卻是正面的，不同角度的視象結合在同一個形象上。這種所謂「同時性視象」的語言，很明顯在王維詩中出現：

> 征蓬出漢塞，歸雁入胡天。
> 大漠孤煙直，長河落日圓。

征蓬在地，歸雁在天，漢塞在下，胡天在上，透過遠近法，視線下的愈遠高，視線上的愈遠低，因此最後全集中在一個視點，不同角度的視象結合在同一個形象上。同樣的大漠與孤煙，長河與落日，都有天淵之別，但遠近法把兩者結合在漢胡疆界一個淒苦的形象。李白〈送友人入蜀〉〔註7〕中的「同時性視象」的語言也非常創新，構想奇特：

> 見說蠶叢路，崎嶇不易行，
> 山從人面起，雲傍馬頭生。
> 芳樹籠秦棧，春流繞蜀城，
> 升沉應已定，不必問君平。

「山從人面起，雲傍馬頭生」，是無中生有。山與人面，雲與馬頭，相隔十萬八千里，而且出現在不同方位，但李白通過遠近法，形體平面化了，就創造出同時性視象的語言及魔幻寫實的詩歌。同樣手法，也見於「芳樹籠秦棧，春流繞蜀城」，籠與繞都先平面化，然後再立體化；芳樹與秦棧，春流與蜀城，在原有距離，取消距離，還有視線高低的原因，便造成「芳樹籠秦棧」與「春流繞蜀城」的奇特景象。

　　立體派的藝術大師塞尚，當他在作品中探索自然的結構特質，已面臨畫面的二度空間與自然界實質是三度空間的難題。他發現要維持傳統的單點透視，根本是不可能的；藝術家的視線，只要稍微向左或向右移動，便足以改變視野與構圖。塞尚忠於自己的雙眼，企圖表達多重視野，認可視點移動的事實。李白與王維早已如此，忠於自己的雙眼，表達多重視野。

〔註7〕《全唐詩》（北京：中華書局，1960），卷177，頁1805。

請讀王維的〈山居秋暝〉：

> 空山新雨後，天氣晚來秋。
> 明月松間照，清泉石上流。
> 竹喧歸浣女，蓮動下漁舟。
> 隨意春芳歇，王孫自可留。

其中的「明月松間照」，日月星辰都遠離大地，還有上下之分，月亮卻掛在樹上。李白〈長門怨二首〉之一〔註8〕中「天回北斗掛西樓」，星星就掛在西樓屋簷下：

> 天回北斗掛西樓，金屋無人螢火流。
> 月光欲到長門殿，別作深宮一段愁。

畫面平面化後，不同空間的物象產生「同時性視象」，都是錯覺的，它們原出現在不同的空間與方位。再讀下面王維的兩首詩：

〈晦日游大理韋卿城南別業四首〉之一：

> 與世澹無事，自然江海人。
> 側聞塵外游，解轡輆朱輪。
> 極野照暄景，上天垂春雲。
> 張組竟北阜，汎舟過東鄰。
> 故鄉信高會，牢醴及家臣。
> 幸同擊壤樂，心荷堯為君。

〈晦日遊大理韋卿城南別業四首〉之二：

> 郊居杜陵下，永日同攜手。
> 人里靄川陽，平原見峰首。
> 園廬鳴春鳩，林薄媚新柳。
> 上卿始登席，故老前為壽。
> 臨當游南陂，約略執盃酒。
> 歸與紕微官，惆悵心自咎。

〔註8〕同註7，卷194，頁1880。

其中「極野照暄景，上天垂春雲」與「人里靄川陽，平原見峰首」，都有這種錯覺。

以上的詩，證明唐代詩人建立了一種新詩學，突破以傳統單一的視點觀察，以多視點、多角度去觀察和表現事物，建立新的空間概念。即是將所描繪的物體形貌破壞、解體，然後重新組合，人物、形體分解爲幾何塊面，互相重迭，並且進一步將人物、形體以各種不同的角度同時呈現，以達到平面繪畫表現立體空間視點的效果。

五、何者是現實，何者是幻覺

西方立體派對繪畫結構進行理性分析，通過對人物、形體的分解與重構，組建繪畫性的空間及新的形體結構。畫家以實物拼貼畫面圖形的藝術手法，進一步加強了畫面的肌理變化，向人們提出自然與繪畫何者是現實，何者是幻覺的問題。王維及唐代詩人的詩，早就以詩的語言試驗過這種前衛的視覺想像。

王維的〈登辨覺寺〉：

> 竹徑從初地，蓮峰出化城。
> 窗中三楚盡，林上九江平。
> 輭草承趺坐，長松響梵聲。
> 空居法雲外，觀世得無生。

其中「窗中三楚盡，林上九江平」就是重組過的空間與物象。三楚數千里的平原風光，盡收於立體窗中，如一幅畫，這是奇妙的現象。第二句更奇，九江出現在高聳矗立的樹林之上，風平浪靜如一條白線。唐代詩人很擅長把平實的景點改造成超現實的夢幻詩境。單單河流就足以說明：

> 黃河之水天上來 (李白〈將進酒〉) 〔註9〕
> 惟見長江天際流 (李白〈送孟浩然之廣陵〉) 〔註10〕

〔註9〕同註7，卷162，頁1683。

黃河遠上白雲間（王之渙〈涼州詞〉之一）〔註11〕

六、平面繪畫表現立體空間詩學

立體主義放棄重現或模仿自然的空間與視野，把山水人物簡化成幾何圖形。這種新的審美觀念，去人性化或歪曲現實，為的是要用幾何圖形表現第四空間。這樣詩人畫家可以給予自然的形狀面貌新的生命，表達出內在的感受而不是現實的外形，因此突破人類幻想的極限。李白的「黃河之水天上來」、王之渙「黃河遠上白雲間」、王維的「竹徑從初地，蓮峰出化城」、「窗中三楚盡，林上九江平」等，都是如此。

司空圖的《二十四詩品》，強調放棄重現或模仿自然空間與視野的詩學。〈雄渾〉：「超以向外，得其環中」，詩人描繪山容水態，如不求形似，但求神似，才能說是善於描繪。所以在〈形容〉中又說：「離形得似，庶幾斯人」。另外，〈綺麗〉：「神存富貴，始輕黃金」，詩的綺麗在神似，不在形似。〈與極浦書〉提出「象外之象，景外之景」，就是最早放棄重現或模仿自然空間與視野的宣言。〔註12〕

藝術為意念，不是感知藝術（conceptual rather than perceptual），藝術家能理解自然形狀之外的超越現實的東西。所以王維〈畫學秘訣〉有「凡畫山水，意在筆先」的看法。他說：「遠人無目，遠樹無枝，遠山無石。隱隱如眉，遠水無波，高與雲齊。……有雨不分天地，不辯東西。有風無雨，只看樹枝，有雨無風，樹頭低壓。」〔註13〕作為畫家，他已放棄重現或模仿自然的空間與視野，開始試驗把山水人物超越自然，創造第四空間。

〔註10〕同註7，卷174，頁1785。

〔註11〕同註7，卷253，頁2849。

〔註12〕王潤華《司空圖新論》（臺北：東大圖書，1989），頁155～262。司空圖的詩文，見《司空表聖文集》及《司空表聖詩集》，上海涵芬樓藏舊抄本，《四部叢刊》（上海：商務印書館，1919）。

〔註13〕〈畫學秘訣〉，《王右丞集箋注》，頁489～491。

七、變形：科學思維與烏托邦的新世界之出現

　　西方立體畫派的出現，其實是跟科學革命同步的。如十四世紀畫家創立的「藝術革命」，即運用解剖學、透視學及明暗法等科學手段，在二維平面上創造三維空間的眞實錯覺，爲十七世紀的「科學革命」提供了一套全新觀察、再現和研究現實的「視覺語言」。很多人如果沒有受過這套新視覺語言的教育，就不可能有新的科學發現。

　　現代物理學排斥固定狀態，事件之所以不同，是由一事件與另一事件之間的關係造成的，這就創立了新的思考方式，儘量考慮所有「居中事物」的角色。黑格爾（Georg W. F. Hegel, 1770～1831）最先提出這種新的思考方式，他認爲雕塑純用物質的材料，有重量、體積和空間，保留很多自然狀態，但繪畫拋棄單純物質材料，把三度空間整體壓縮，化物體爲平面，消除雕塑純實際空間的自然存在狀態，變成精神的反映。繪畫消除物體的自然物質性，改爲以精神去領會的單純顯現。〔註14〕到了量子力學，更進一步揭示孤立單獨事件的不可能性。立體主義同樣受到十九世紀開始演變出來新思想的衝擊，也關注「居中事物」。〔註15〕

　　唐代的科學發達，王維及其他詩人的藝術與科學的關係，應有密切的思維效應。本書第三章〈王維無我詩學〉分析王維的詩學，與艾略特、王國維、聞一多一樣，是科學物理新思維的產品。詹明信（Fredric Jameson）根據約翰・柏格（John Burger）的理論，指出立體主義的特點就是變形，繪畫物體從各種角度表現出來。這種對現代化抱有樂觀態度，進入科學與機器生產的現代社會，機器大量生產日常用品，許多物品都是嶄新的、變形的，充滿各種改變我們日常生活的可能性。立體繪畫中物體的變形正反映這樣的哲學。立體主義表現的是烏

〔註14〕朱立元《黑格爾美學論稿》（上海：復旦大學出版社，1986），頁249～300。

〔註15〕陳韻琳〈立體派與科學——畢卡索〉，見 http://life.fhl.net/Art/henri_matisse/matisse04.htm。

托邦的世界觀。〔註16〕

　　唐代是一個強大的帝國，成爲世界的經濟、文化與科技中心。邊疆向四方開拓。詩人像高適、岑參、王昌齡、王之渙、王維，就因爲體驗過邊塞生活，生活在大唐帝國裡，就如畢卡索生活在新興工業社會，感到世界充滿新奇、美好，敢於遠赴非洲森林等地探險，熱切尋找原始超越現實的藝術形象或是烏托邦的世界。〔註17〕他們的詩歌呈現特多變形的想像圖象。尋找烏托邦甚至成爲唐詩重要的主題，歐麗娟在其《唐詩的樂園意識》有一些相關的討論。〔註18〕王之渙〈涼州詞〉的「黃河遠上白雲間」、岑參〈走馬川行奉送封大夫出師西征〉的「平沙茫茫黃入天」、〔註19〕王維〈使至塞上〉的「征蓬出漢塞，歸雁入胡天。大漠孤煙直，長河落日圓」，都是詩人驚見原始沙漠景象後，所產生的新圖象，就如畢卡索見到非洲原始面具雕刻而啓發了早期的立體人物畫。

〔註16〕詹明信（Fredric Jameson，大陸譯作傑姆遜）《後現代與文化理論》（北京：北京大學出版社，1997），頁 166～168。
〔註17〕參考黃嘉豪博士論文《盛唐邊塞詩的美學研究》（新加坡國立大學中文系，2002）。
〔註18〕歐麗娟《唐詩的樂園意識》（臺北：里仁書局，2000）。
〔註19〕《全唐詩》，卷 199，頁 2053。

第八章　王維日想觀詩學

一、唐代田園山水詩畫的西方極樂淨土圖象

　　有一幅根據《觀無量壽經》未生怨故事創作的敦煌壁畫，內容描述王后不明王子何以弒父，請示釋迦，釋迦提出十六觀方法說國王前生種種業報。這是日想觀經變畫之一，也是一幅極罕見的盛唐山水畫，現在保存於敦煌莫高窟第 172 窟（見本書末附錄圖 1）。〔註1〕

　　佛教將天上、人間分為淨土和穢土，淨土即是西方極樂世界，係廣大民眾所追求。敦煌壁畫大量宣揚淨土世界的作品，多以《觀無量壽經》、《阿彌陀經》、《彌勒經》、《藥師經》為腳本畫成，描繪眾生自穢土解脫後，前往西方極樂世界的種種場面。從唐代敦煌石窟裡的西方極樂圖象，發現不少唐詩是「經變」或「變文」的新品種，也許可稱為「變詩」。過去我們只注意佛經變文中的小說話本、散文白話語錄、曲藝的彈詞與寶卷的存在，〔註2〕但是唐代詩人在畫家把西方極

〔註 1〕圖片收集於敦煌研究院主編《敦煌石窟全集》（香港：商務印書館，1999～2005）之《阿彌陀經畫卷》與《山水畫卷》。此圖見《山水畫卷》，頁 143，也可見 http://www.dunhuangcaves.com/aboutus/index。

〔註 2〕關於變文對唐代文學的影響，參考劉大杰《中國文學發展史》（臺北：華正書局，2001），頁 435～451；張培恒、駱玉明主編《中國文學史》（上海：復旦大學出版社，1996）中冊，頁 8～232；柳存仁〈敦煌變文與中國文學〉，《道家與道術》（上海：古籍出版社，頁 194～210）。

樂圖象繪上敦煌石窟的同時，也據以創作成詩，像韓愈雖然排斥佛教，他的詩歌卻深受寺廟壁畫的影響。〔註3〕以下王維〈過盧員外宅看飯僧共題〉：

> 三賢異七聖，青眼慕青蓮。
> 乞飯從香積，裁衣學水田。
> 上人飛錫杖，檀越施金錢。
> 趺坐簷前日，焚香竹下煙。
> 寒空法雲地，秋色淨居天。
> 身逐因緣法，心過次第禪。
> 不須愁日暮，自有一燈然。

及孟浩然〈題大禹寺義公禪房〉：〔註4〕

> 義公習禪寂，結宇依空林。
> 戶外一峰秀，堦前眾壑深。
> 夕陽連雨足，空翠落庭陰。
> 看取蓮花淨，方知不染心。

兩首詩都呈現敦煌壁畫或變文淨土的圖象特徵：夕陽照在有蓮花、清淨的西方土地，這裡往往是寺院或出家人隱居地，住的至少是覓道之士。

二、唐代的日想觀詩學

淨土修行法門，主要以觀想和持誦佛號為主。觀想（集中心念於一對象）者，由憶念彌陀之清淨身與淨土，得以往生西方。總其觀想共有十六種，詳述於《觀無量壽經》。所謂十六觀，即十六種觀法，又作十六想觀、十六妙觀、十六正觀、十六觀門。十六觀為：日想觀、水想觀、地想觀、寶樹觀、寶池觀、寶樓觀、華座觀、像觀、真身觀、

〔註3〕陳允吉《古典文學佛教溯緣十論》（上海：復旦大學出版社，2002）
與本書大多重複的陳允吉另一本《唐音佛教辨思錄》（上海：上海古
籍出版社，1988）也有許多寶貴的見解。

〔註4〕徐鵬校注《孟浩然集校註》（北京：人民文學出版社，1989），頁
158。

觀音觀、勢至觀、普觀、雜想觀、上輩觀、中輩觀、下輩觀，皆爲往
生要法。〔註5〕對唐代詩人而言，十六觀啓發其寫詩的思維模式，例
如前面的日想與水想兩觀，就是許多山水詩想象的源頭活水，觀想狀
態與作詩的關係互爲表裡：

　　　　日想觀：正坐西向，諦觀於日欲沒之處，見日狀如懸鼓，
　　　　　　　　紅圓光輝，開目閉目，皆令明瞭。
　　　　水想觀：由水作觀，見水澄清，作琉璃觀，作琉璃地上有
　　　　　　　　光明臺，樓閣千萬觀。

唐代很多山水詩畫、藝術作品是在觀想落日或水流時得到的靈感而創
作的。王維的〈輞川閑居贈裴秀才迪〉就是一首面對渡頭落日，由觀
想落日而思考宗教境界的作品：

　　　　寒山轉蒼翠，秋水日潺湲。
　　　　倚仗柴門外，臨風聽暮蟬，
　　　　渡頭餘落日，墟里上孤烟。
　　　　復值接輿醉，狂歌五柳前。

〈使至塞上〉的「大漠孤烟直，長河落日圓」，〈送邢桂州〉的「日落
江湖白，潮來天地青」，都是令人聯想起從日想觀建構的詩句。〈渡河
到清河作〉，很顯然是由水想觀詩學啓發的詩，想象由水到世外的樓臺：

　　　　汎舟大河裏，積水窮天涯。
　　　　天波忽開拆，郡邑千萬家。
　　　　行復見城市，宛然有桑麻。
　　　　迴瞻舊鄉國，淼漫連雲霞。

王維由水看見雲霞遙遠處的郡邑與千萬人家。下列寒山〈無題詩〉顯
然是靜坐面向清溪，由水想觀產生的神思：〔註6〕

　　　　今日巖前坐，坐久煙雲收。

〔註5〕關於日想觀的解釋，參考不著，〈宗土法門〉，http://www.macau-
　　　buddhism.org.。
〔註6〕詩引自《全唐詩》（北京：中華書局，1960），卷806，頁9098。

> 一道清谿冷，千尋碧嶂頭。
> 白雲朝影靜，明月夜光浮。
> 身上無塵垢，心中那更憂。

日本學者小川環樹早於 1962 年在一篇短文〈落日的觀照：王維詩的佛教成分〉裡就曾簡要提出，王維的詩經常描寫夕陽、斜日、落暉，這是跟《觀無量壽經》「日想觀」信仰所帶來的思考有關，因此，王維的自然觀決不是偶然產生的。〔註7〕讀了《觀無量壽經》中的十六觀，〔註8〕更相信王維的山水田園詩，是從淨土宗十六觀的宗教信仰看出去的淨土田園風景。

王維的日想觀詩給唐代的田園山水，創造出跨文化的、內在的想像與感受，而不是徒具現實外形，突破了傳統山水幻想的極限。從以下的三種作品就可了解：（一）日想觀下王維詩佛教西方淨土的投影，常化成夕陽中寧靜的田園樂土圖象；（二）王維的送別、歸隱詩中，前往的地方就是西方極樂淨土的想像；（三）佛教的西方極樂淨土，往往被中國化、田園化、桃源化，成為一種創新的圖象。對於詩人而言，日想觀下的夕陽意義不斷流變，到了晚唐，從觀望中再也想像不出西方極樂淨土的存在，他們所看見的夕陽，已演變為社會黑暗、國家滅亡的象徵。〔註9〕可能因為戰爭都來自西方，落日在唐代的自然象徵語言裡，是亡國的暗喻：「殘陽落日，比亂國也」。〔註10〕

三、淨土宗與十六想觀

淨土宗是中國佛教八大宗派之一，從佛教發展史上說，具宗教精神，又能表現宗教情懷和理想者，惟有淨土宗。它是中國歷來最多人

〔註7〕小川環樹，《論中國詩》（香港：中文大學出版社，1986），頁 125～127。

〔註8〕高觀如居士，〈觀無量壽佛經簡介〉，見 http://www.mybuddhist.com/；經文見 www.womderwis.com/kain

〔註9〕參考本書第五章〈王維密碼詩學〉。

〔註10〕僧盧中《流類手鑑》，見顧龍振編《詩學指南》（臺北：廣文書局：1970），卷四，頁 118。

信仰的佛教宗派，所謂「家家觀世音，戶戶阿彌陀」，其影響之深，可見一斑。

　　淨土教義東傳，始自後漢靈帝光和二年（179），在唐代開始倍受推崇。淨土宗在中國佛教流傳中不但發展極早，也是極為普遍的一宗。大乘佛教有無數的佛和淨土，每一淨土中，都有一佛為其教主，並以此淨土為教化施行的極樂世界。對信仰淨土教義者而言，這些極樂世界為實有之地，廣義而論，各淨土代表不同覺悟的境界，不同方位（東方、西方等）世界的施教，更有不同的意義。〔註11〕

　　在無數的淨土中，以阿彌陀佛教化之西方極樂世界最重要。淨土修行法門以想觀和持誦佛號為主。想觀（集中心念於一對象）者，由憶念彌陀的清淨身與淨土，得以往生西方，總其觀法共有十六種，詳述於《觀無量壽經》。

　　淨土宗有三部重要經典，〔註12〕其一為《觀無量壽經》。劉宋元嘉元年（424）開始翻譯，直到元嘉十八年（442）完成，譯者畺良耶舍，又稱《觀無量壽佛經》、《無量壽佛觀經》、《無量壽觀經》、《十六觀經》。略稱《觀經》，收於《大正藏》第十二冊，乃淨土正依三部經之一。內容敘述佛陀時代，在王舍城王宮，世尊特為皇后韋提希夫人開示淨土的往生法門。當時太子阿闍世受其惡友提婆達多的煽動，策動政變奪取王位。頻婆娑羅王被幽禁在七重牢獄中，不得飲食，任何人不准接近，只許夫人可以探望。夫人憂傷不已，唯有每天洗淨自己身體，將一些酥蜜、穀粉等塗在身上，或在裝飾品中藏些葡萄汁之類，給國王充饑。阿闍世太子本以為父王不久餓死，豈知母后破壞自己弒父奪位之計。他本擬弒害母后，幸得宮中家臣月光和侍醫耆婆進諫，終以幽禁其母作罷。韋提希夫人悲痛萬分，心感業障深重，立即向佛陀的所在地耆闍崛山遙拜，請佛陀慈悲救拔。佛陀遂帶阿難和目犍蓮，到宮內牢中，為夫人開示西方極樂淨土，並說修三福、十六觀九品往生之法。

〔註11〕〈淨土宗〉見中國佛教宗派網頁，www.manjushri.com。
〔註12〕《無量壽經》、《小本阿彌陀經》、《觀無量壽經》。

觀想,是釋迦牟尼世尊在《觀無量壽經》中,開示修淨土的一種
方法。修淨土的人,若不念佛名號,單憑觀想,亦可往生。不過觀想
的境界微細高深,眾生障重智劣,心識雜亂,思慮不能集中,致觀想
不易有所成就。專修觀想,恐失敗者多,成功者少,所以修淨土的,
多事持名,罕有修觀的。但觀想亦是世尊親口所說方法,它能薰染心
識,促進淨業種子,若在念佛之外,輔以觀想,可為行持之助。

四、西方淨土的觀想:王維夕陽下的田園樂土

各淨土代表不同覺悟的境界,不同方位(東方、西方等)世界,
表法更有不同意義。信修淨土的人不一定要念佛誦經,單憑觀想也得
以往生西方淨土。當年佛陀打坐,面向西方的太陽觀想,為皇后韋提
希夫人開示西方極樂淨土,成為日後唐代詩人修行與寫詩的標準儀
式。「觀」是心靈的內省工夫,能達到智慧最高境界。這個境界,在
宗教信仰來說,就是西方的極樂淨土。

王維的田園山水詩,呈現的就是帶有西方淨土的理想田園山水。
在淨土中無三惡道,其間人民壽命無量,所欲皆遂,可不再受輪迴之苦,
所以往生極樂淨土便成為王維詩的主題。田園在夕陽的照耀之下,充滿
西方極樂淨土的景象。〈渭川田家〉與〈新晴晚望〉是典型的日想觀詩:

> 斜光照墟落,窮巷牛羊歸。
> 野老念牧童,倚杖候荊扉。
> 雉雊麥苗秀,蠶眠桑葉稀。
> 田夫荷鋤立,相見語依依。
> 即此羨閒逸,悵然歌式微。
>
> 新晴原野曠,極目無氛垢。
> 郭門臨渡頭,村樹連溪口。
> 白水明田外,碧峰出山後。
> 農月無閒人,傾家事南畝。

王維眼裡的農村,充滿西方淨土景象,總是出現在傍晚夕照之中。如

「斜光照墟落，窮巷牛羊歸。野老念牧童，倚杖候荊扉」、「田夫荷鋤至，相見語依依」或「新晴原野曠，極目無氛垢」、「農月無閑人，傾家事南畝」。照常理推論，描繪農人作息，大白天尤其早上更適當。

王維的友人孟浩然在日想觀詩學的創作中，也寫過不少夕陽，但因為沒有篤信佛教，詩中的夕陽沒宗教化，如〈過故人莊〉：〔註13〕

> 故人具雞黍，邀我至田家。
> 綠樹村邊合，青山郭外斜。
> 開筵面場圃，把酒話桑麻。
> 待到重陽日，還來就菊花。

描寫受邀與農人朋友歡聚是在白天，因為窗外的風景清晰可見。孟浩然正面寫農家的，如〈田家元日〉：〔註14〕

> 昨夜斗回北，今朝歲起東。
> 我年已強仕，無祿尚憂農。
> 桑野就耕父，荷鋤隨牧童。
> 田家占氣候，共說此年豐。

其時空背景也在白天，不是夕照中的景象，沒有西方淨土的日想觀。可是在淨土宗日想觀詩學的影響下，孟浩然還是大量寫夕陽，塑造西方淨土的極樂世界，如下面的詩：〔註15〕

> 日暮田家遠，山中勿久淹。
> 歸人須早去，稚子望陶潛。（〈口號贈王九〉）
> 行至菊花潭，村西日已斜。
> 主人登高去，雞犬空在家。（〈尋菊花潭主人不遇〉）
> 府僚能枉駕，家醞復新開。
> 落日池上酌，清風松下來。
> 廚人具雞黍，稚子摘楊梅。

〔註13〕《孟浩然集校注》，頁 261。
〔註14〕同上，頁 65。
〔註15〕《孟浩然集校注》，依序頁數為 289、290、271～72、216。

> 誰道山公醉，猶能騎馬回。（〈裴司士見訪〉）
>
> 川暗夕陽盡，孤舟泊岸初。
>
> 嶺猿相叫嘯，潭嶂似空虛。
>
> 就枕滅明燭，扣舷聞夜漁。
>
> 雞鳴問何處？人物是秦餘。（〈宿武陵即事〉）

像「日暮田家遠」、「村西日已斜」，就暗含西方淨土的意象。而〈宿武陵即事〉這首詩是典型的日想觀、水想觀的詩學作品，由日想、水想而想到世外桃源。

但是王維詩中常出現的農村景象，極樂淨土的景象太強烈了。如〈田園樂〉七首之一，刻意寫出地點時間是「村西日斜」：

> 採菱渡頭風急，策杖村西日斜。
>
> 杏樹壇邊漁父，桃花源裏人家。

除了牧童，採菱人出現在傍晚，其他採菱、採蓮、洗衣婦女自由自在的農家生活片斷都出現在黃昏：

> 日日採蓮去，洲長多暮歸。
>
> 弄篙莫濺水，畏濕紅蓮衣。（〈蓮花塢〉）
>
> 寂寞掩柴扉，蒼茫對落暉。
>
> 鶴巢松樹徧，人訪蓽門稀。
>
> 綠竹含新粉，紅蓮落故衣。
>
> 渡頭燈火起，處處採菱歸。（〈山居即事〉）
>
> 空山新雨後，天氣晚來秋。
>
> 明月松間照，清泉石上流。
>
> 竹喧歸浣女，蓮動下漁舟。
>
> 隨意春芳歇，王孫自可留。（〈山居秋暝〉）

這些田園樂景象很明顯，都是日想觀詩學下佛教極樂淨土的人間反映。這些田園詩使人想起唐敦煌莫高窟 321 南壁寶雨經變的〈山澗牧耕圖〉，其中繪畫了牧牛收割的快樂田園生活（見本書末附錄圖

9）。〔註16〕

五、王維送別與歸隱詩：前往西方極樂淨土想像

　　上面說過，淨土修行法門主要以觀想和持誦佛號爲主。觀想者集中心念於一對象，由憶念彌陀的淨身與淨土，得以往生西方。詩人寫詩就如淨土宗的以「觀想」的儀式來修佛。《觀無量壽佛經》第一觀是落日觀，再從此逐次觀水、觀地、觀園林、房屋、觀阿彌陀佛、觀音、觀勢至等。日想觀「正坐西向，諦觀於日，令心堅住，專想不移；見日欲沒，狀如懸鼓，既見日已，開目閉目皆令明瞭」；水想觀，由水想到琉璃樓閣千萬；地想觀由地想到極樂世界國土。王維的田園詩即是以此想像的方法創作，而他的送別詩與歸隱詩也是依據「日想觀」，甚至超越而進入十六「觀」的詩學想像寫成的。在〈送綦毋校書棄官還江東〉王維說綦毋潛回到江東，「歸耕爲老農」，那地方不但天空萬里「淨」，也佈滿夕陽：

> 明時久不達，棄置與君同。
> 天命無怨色，人生有素風。
> 念君拂衣去，四海將安窮。
> 秋天萬里淨，日暮澄江空。
> 清夜何悠悠，扣舷明月中。
> 和光漁鳥際，澹爾蒹葭叢。
> 無庸客昭世，衰鬢白如蓬。
> 頑疎暗人事，僻陋遠天聰。
> 微物縱可採，其誰爲至公？
> 余亦從此去，歸耕爲老農。

下面的送別詩，遠行者所到之處，都是「落暉」之地、「日暮」之時：

> 鐃吹喧京口，風波下洞庭，
> 赭圻將赤岸，擊汰復揚舲。

〔註16〕《山水畫卷》，《敦煌石窟全集》第18卷，頁126。

日落江湖白，潮來天地青。
明珠歸合浦，應逐使臣星。(〈送邢桂州〉)

聖代無隱者，英靈盡來歸。
遂令東山客，不得顧採薇。
既至金門遠，孰云吾道非。
江淮度寒食，京洛縫春衣。
置酒長安道，同心與我違。
行當浮桂棹，未幾拂荊扉。
遠樹帶行客，孤城當落暉。
吾謀適不用，勿謂知音稀。(〈送別〉)

山中相送罷，日暮掩柴扉。
春草年年綠，王孫歸不歸。(〈送別〉)

相送臨高臺，川原杳何極。
日暮飛鳥還，行人去不息。(〈臨高臺送黎拾遺)

欲逐將軍取右賢，沙場走馬向居延。
遙知漢使蕭關外，愁見孤城落日邊。(〈送韋評事〉)

相逢方一笑，相送還成泣。
祖帳已傷離，荒城復愁入。
天寒遠山淨，日暮長河急。
解纜君已遙，望君猶佇立。(〈齊州送祖三〉)

王維送友人返鄉歸隱，其義即是前往西方淨土，所以「淨」字常出現，
如「天寒遠山淨」、「秋天萬里淨」。

王維返輞川別墅或歸隱其他山林，寫自己山居，他又當成是前往
日落的西方淨土。下面的詩，都用了「暮禽」、「落日」、「遠山暮」、「天
氣晚來秋」、「蒼茫對落暉」等的字眼：

清川帶長薄，車馬去閑閑。
流水如有意，暮禽相與還。
荒城臨古渡，落日滿秋山。
迢遞嵩高下，歸來且閉關。(〈歸嵩山作〉)

　　谷口疎鐘動，漁樵稍欲稀。

　　悠然遠山暮，獨向白雲歸。

　　菱蔓弱難定，楊花輕易飛。

　　東皋春草色，惆悵掩柴扉。(〈歸輞川作〉)

　　空山新雨後，天氣晚來秋。

　　明月松間照，清泉石上流。

　　竹喧歸浣女，蓮動下漁舟。

　　隨意春芳歇，王孫自可留。(〈山居秋暝〉)

　　寂寞掩柴扉，蒼茫對落暉。

　　鶴巢松樹徧，人訪蓽門稀。

　　嫩竹含新粉，紅蓮落故衣。

　　渡頭燈火起，處處採菱歸。(〈山居即事〉)

六、桃源化的極樂淨土

　　王維日想觀或十六想觀詩學與他的桃源行母題詩有密切的關係，本書第一章〈王維桃源行詩學〉討論過。王維〈桃源行〉幾乎每一個段落，都構成母題或主要意象。在《王右丞集》中，除了〈桃源行〉一首，其實還有七首直接寫桃花源之行的詩，現根據其在《王右丞集》出現的先後次序抄錄如下：(一)〈藍田山石門精舍〉；(二)〈桃源行〉；(三)〈酬比部楊員外暮宿琴臺朝躋書閣率爾見贈之作〉；(四)〈送錢少府還藍田〉；(五)〈春日與裴迪過新昌里訪呂逸人不遇〉；(六)〈和宋中丞夏日遊福賢觀天長寺之作〉；(七)〈口號又示裴迪〉；(八)〈田園樂〉(七首之三)。

　　把其餘七首與最早的〈桃源行〉互相對照與比較，更能瞭解桃花源這母題與王維詩歌世界之關係及其重要性。除了這八首詩，直接描寫桃花源外，還有許多詩都涉及桃源之旅及桃源境界，如〈青溪〉、〈寄崇梵僧〉、〈寒食城東即事〉、〈過香積寺〉、〈遊感化寺〉等。把這些詩都算進去，那麼，王維就不止有八次「桃源行」了。從十九歲寫了〈桃源行〉以後，王維不少作品的表現方式，都建基在一個旅遊結構之上，

而主題則以尋找桃源為主。雖然沒有點明，桃源世界在後來的作品中，已具體化了，成為香積寺、友人隱居之處，甚至他自己的輞川別墅。

像上面提過的，王維的桃源行之旅，可分成無心之旅與有意之旅。無心之旅意外發現的桃源，往往是神仙樂土（〈桃源行〉）、佛門聖地（〈藍田山石門精舍〉）、〈過香積寺〉），居民是神仙或高僧。有意之旅一般描寫隱居與田園生活情趣。王維很多寫自己歸隱終南山、嵩山或輞川的詩，都暗藏比較現實的返回他自己桃源世界的母題。因此，王維有兩個不同的桃源世界，一個屬於結廬在人間的桃源，田園裡住著安貧樂道、與世無爭的人，一個屬於神仙眷屬和佛門高僧所在白雲深處的仙境。當王維「正坐西向，諦觀於日，令心堅住，專想不移；見日欲沒」、「再作極樂世界國土之觀」時，這種觀想之下中國文學化的想像，印度佛學淨土就變成桃花源的烏托邦。中國文學的桃花源也就是西方極樂淨土。這些詩也留下十六觀的淨土宗教的投影，如觀想中的「正坐西向，諦觀於日，令心堅住，專想不移；見日欲沒」、「由水作觀，見水澄清」與「水想成時，再作極樂世界國土之觀」，清溪、落日與西邊的字眼不斷出現，如〈藍田山石門精舍〉有「落日山水好」、「安知清溪轉」，〈桃源行〉有「行盡清溪不見人」、「薄暮漁樵乘水入」、「清溪幾度到雲林」，〈田園樂〉有「策杖村西日斜」，〈春日與裴迪過新昌里訪呂逸人不遇〉有「東家流水入西鄰」。

七、日想觀大量投落在王維田園山水詩的夕陽

據說太陽每日沒於印度西方，欲沒入地平線時，其景光輝燦爛奪目，印度人遂起崇拜敬仰之心，幻想西方定有樂園無疑。阿彌陀佛為太陽崇拜神話所宗，釋迦勸韋提希夫人對西方淨土作十六種觀想，第一觀想的目標是太陽，《無量壽經》（即《大阿彌陀經》）也說禮敬阿彌陀佛，應當「向落日處」。觀想「日沒」，崇拜太陽，亦即崇拜阿彌陀佛。而對唐代詩人來說，以王維為例，觀想落日，除

　　了是宗教信仰的崇拜外，更是作詩求取靈感的一種詩學儀式。研究佛教對唐代詩人如王維的影響，從日想觀來看，這是很具體的做法。如果從十六想觀，尤其前面的日、地、水、樹、池、樓、華等觀想法，比籠統研究佛學思想對唐詩的影響，更能理解唐代王維或其他詩人的詩歌藝術。〔註17〕

　　用電腦搜尋器進入電子版的《王右丞詩集》〔註18〕尋找王維詩中的夕陽，在三百八十一首詩中，〔註19〕夕陽出現數字大得驚人：「暮」45次，「晚」22次，「夕」22次，再以其他代表字搜尋，結果是：「日暮」10次，「落日」13次，「日落」3次，「日夕」5次，「落暉」3次，「斜陽」1次，「暝」3次，「日斜」1次，「薄暮」6次，「斜暉」1次，「斜日」1次，加起來共計136次。用電腦搜尋器進入電子版的《孟浩然集》尋找孟浩然詩中的夕陽，數目與王維不分上下，如「暮」21次，「晚」22次，「夕」49次，再以其他代表字搜尋，結果是：「日暮」10次，「落日」6次，「日夕」9次，「落暉」0次，「斜陽」0次，「暝」7次，「日斜」0次，「薄暮」1次，「日已斜」1次，「夕陽」11次，「斜日」2次，「日晚」1次，「日落」2次，共計142次。孟浩然的詩現存有275首，可見落日的出現率也很高。〔註20〕又以人為的閱讀檢查這些詩，確定落日絕大多數出現在描述田園山水，以農家、佛門寺院、隱居、回歸故鄉為主題的詩裡，明顯具有淨土日想觀的宗教色彩。

〔註17〕討論王維的佛學信仰與思想，或佛學與其詩歌的關係的研究很多，如周裕鍇《中國禪宗與詩歌》（上海：上海人民出版社，1992）、楊文雄的《詩佛王維研究》（臺北：文史哲，1988），主要集中談他受南北禪宗的影響，但至今沒有從淨土的極樂，尤其「想觀」思維去研究。

〔註18〕見《新語絲電子文庫》http://www.xys.org/classics./poetry/tang/wang-wei.txt

〔註19〕根據《全唐詩》所收的數目，見陳修武〈全唐詩的編校問題〉，《書目季刊》，9卷1期（1975年6月），頁33〜52。

〔註20〕王與孟所得的落日出現率，數目應減去重覆者，如「夕」與「夕陽」，「暮」與「薄暮」等。

　　在王維的詩中，表述地理位置的「西」字，如「落日五陵西」、「悠悠西林下」，出現 44 次；「淨」字如「秋天萬里淨」、「塞迴山河淨」、「晚知清淨理」，共 14 次。相比之下，孟浩然詩中顯然較少，「淨」字如「閑庭竹掃淨」（〈晚春臥疾寄張八字容〉），〔註21〕「看取蓮花淨」（〈題大禹寺義公禪房〉）都是寫佛門寺院的，驚人的只有 2 次。「西」字如「村西日已斜」（〈尋菊花潭主人不遇〉），〔註22〕「遙寄海西頭」（〈宿桐廬江寄廣陵舊遊〉），〔註23〕也出現了 24 次。〔註24〕有趣的是，王維詩中，「蓮」的出現有 11 次，孟浩然 4 次，西方淨土圖像的特點是：夕照中西方土地清淨，四處有蓮花。這些直接字眼出現的多少，表示詩中淨土宗教色彩的濃淡。一般參考資料顯示，王維詩宗教色彩較重，孟浩然較輕。

〔註21〕《孟浩然集校注》，頁 27。
〔註22〕同上，頁 290。
〔註23〕同上，頁 198。
〔註24〕這些數字只能當參考，不是準確的，需要上下文來肯定意義。有時「西」是地名，有時詩中沒有這些字眼，也呈現日落、西方或淨土的意象。

第九章　王維經變畫詩學

一、敦煌經變後的山水

　　陳允吉的《古典文學佛教溯緣十論》是研究經變畫或變文對唐代詩歌影響的典範著作，他在〈王維「雪中芭蕉」寓意蠡測〉中指出，宋代的《宣和畫譜》〔註1〕所錄當時御府藏王維一百二十六幅畫中，有一半是佛教題材。他以王維遺失的名畫〈袁安臥雪圖〉，又稱〈雪中芭蕉〉爲例，考證王維以東漢袁安臥雪的歷史故事，與佛教雪中芭蕉的意象聯繫起來，創造一幅具有神異想像的畫作。佛教傳奇的雪山童子，不顧虛空之身求佛成道，這故事與東漢袁安臥雪的傳奇原無關係，但落在深受佛教文化影響的王維手中，爲了表述佛教寓言，如芭蕉虛空之身的人，也可在雪中求成佛道，他把雪中芭蕉超越歷史現實的魔幻意象繪畫出來。〔註2〕

─────────────────

〔註1〕宋代，不著撰人，元大德六年（1302）吳文貴杭州刊本，是中國藏
　　　　畫專書的原始。全書分道釋、人物、宮室、番族、龍魚、山水、畜
　　　　獸、花鳥、墨竹、蔬菜十門，二十卷，收晉至宋畫家二三一人，畫
　　　　六三九六軸，其中卷十二「山水門」第三，還及於日本畫。書成於
　　　　宣和二年（1120），作者已無法詳考，推測是臣下修纂，進呈閱覽後，
　　　　再經過宋徽宗筆削點定，雖雜出眾手，但全書辭氣如一。
〔註2〕陳允吉〈王維「雪中芭蕉」寓意蠡測〉，《古典文學佛教溯緣十論》（上
　　　　海：復旦大學出版社，2002），頁67〜80；與本書大多重複的陳允吉

其實王維的詩與畫都一樣，有一半以上滲著濃厚的佛家哲理思想。〔註3〕陳允吉分析佛教的精神文化啟發王維繪畫〈雪中芭蕉圖〉，也研究佛教變文〈歡喜國王緣〉對白居易〈長恨歌〉的影響。〔註4〕佛教唯心的幻象繪畫，把複雜的事物形態、大自然千變萬化的現象、超現實、魔幻式的虛構與幻想，以及迷離恍惚的意境圖案化、怪異化了，都在王維的山水詩一一呈現出來。如〈雪中芭蕉圖〉顯示，王維自己也是經變畫的作者。

陳允吉〈論唐代寺廟壁畫對韓愈詩歌的影響〉一文，根據朱景玄《唐朝名畫記》、段成式《寺塔記》、張彥遠《歷代名畫記》，指出唐代寺廟的經變畫極盛，為歷代之冠。這種高度發展的寺廟壁畫，啟動了整個新文藝創作題材、美學和風格。韓愈（844～923）斥攘佛教不遺餘力，卻對佛教壁畫藝術非常愛好，畫中原始的崇拜、神鬼荒怪的景象，深深影響他詩歌的內容與境界。韓愈特愛表現的虛誕世界，充滿千怪萬異、神鬼龍獸、魍魎魑魅，原來都是出自宗教的想像。陳允吉說有三種壁畫對韓愈影響最大，那是「奇蹤異狀」、「地獄變相」、「曼荼羅畫」。〔註5〕

敦煌唐代經變壁畫。〔註6〕不管是敘事性經變畫中的青綠山水，還是淨土圖式經變畫中的青綠山水，常常成為王維山水詩中重要的意

另一本《唐音佛教辨思錄》（上海：上海古籍出版社，1988）也有寶貴見解。在敦煌莫高窟第431窟（初唐）、112窟（中唐）的經變圖都有芭蕉的出現，可見南方生長的植物常出現在西北山水中。參考趙聲良主編《山水畫卷》（香港：商務印書館，2002），頁80、175。

〔註3〕 參考陳鐵民《王維新論》（北京：北京師範大學出版社，1990）；楊文雄《詩佛王維研究》（臺北：文史哲出版社，1988）。

〔註4〕 陳允吉《古典文學佛教溯緣十論》，頁95～128。

〔註5〕 同上，頁129～148。

〔註6〕 由於本章篇幅有限，論述主要根據趙聲良主編的《山水畫卷》及施萍婷主編的《阿彌陀經畫卷》（香港：商務印書館，2002）。莫高窟的歷史及其他介紹，可參考敦煌研究院主編《敦煌石窟全集》。見敦煌研究院網頁：http://www.dunhuangcaves.com；http://www.dha.ac.cn/default.htm。

象。如莫高窟第 68、172、320 等窟，跟〈觀無量壽經變畫〉有關的「未生怨」與「日想觀」自然山水，處處使人想起長河、落日、山澗觀瀑等意象。由於敦煌壁畫的出現，〔註 7〕圖象與文字呈現的山水意象可具體對比，同時放在桌面進行解剖分析，本章從王維詩與敦煌經變畫出現的觀瀑、孤煙、長河、落日、耕牧、桃花等重要山水意象，建立王維山水詩的新解讀詩學。如以〈觀無量壽經變畫〉「日想觀」的落日與長河的圖畫景象，與〈使至塞上〉的「大漠孤烟直，長河落日圓」，〈齊州送祖三〉的「天寒遠山淨。日暮長河急」、〈奉和聖製送不蒙都護兼鴻臚卿歸安西應制〉「落日下河源，寒山靜秋塞」等文字景象，互相參照解讀，將對王維的山水詩帶來新的欣賞與見解。

　　自然山水，經過這種「經變」想像與哲學化的美學過程，不管呈現在敦煌壁畫或是王維的山水詩中，不再是純自然的山水，山水經過宗教哲學、生離死別的人生的想像與思考，成為一種藝術文化符號。

二、唐代經變與王維山水的新想像

　　所謂經變畫，即是以圖畫的形式把佛經的主要內容概括表現出來。佛經中哲理性的說教內容較多，表現起來很抽象，所以大多數經變畫是佛說法為中心的淨土世界。這一類經變，稱作「淨土式經變」。另外，佛經中敘事性的故事很多，經變畫著重表現故事情節，這一類成為「敘事性經變」。這類畫繼承了佛經的故事畫，背景的山水較多，由於注重山水的空間感，創造出很多優秀的山水畫。〔註 8〕

　　說法圖畫發展到了經變畫，除了建築物作背景外，也以雄偉的山水風景作為背景，豐富了佛說法的場面及加強了說法場面的莊嚴感。唐代前期的敦煌壁畫中，「寶雨經變」、「法華經變」、「彌勒經變」都是以淨土為中心，並畫了山水景物，代表性的洞窟有第 321、23、445 窟等。此外，如「阿彌陀經變」、「觀無量壽經變」，繪畫淨土的

〔註 7〕http://www.dunhuangcaves.com；http://www.dha.ac.cn/default.htm。
〔註 8〕趙聲良主編《山水畫卷》，頁 83。

寶池和宮殿建築的景色，山水也不少，代表性的洞窟有第 220、329、172 窟等。〔註9〕

　　經變畫最初多以建築物爲中心來表達佛國的世界。初唐第 321 窟「寶雨經變」始以山水組織經變。始山水與人物是分離的，到了唐代，人與山水的關係逐步協調起來，人物活在具有空間感的山水環境之中。〔註10〕唐代的經變圖與變文，之所以稱爲古代與唐以後新文學的連鎖，帶來全新的內容與美感經驗，是因爲宗教的想像所創造荒誕虛幻的人間地獄天堂世界、大自然與生命千變萬化的形態，給詩人提供了創造新詩學的條件。上面談過，唐代寺廟的壁畫給韓愈的詩歌帶來反通俗詩學，壁畫中「奇蹤異狀」、「地獄變相」與「曼荼羅畫」景象，使作者能夠營造險怪的語言與荒幻的意象。

三、敦煌經變畫與王維山水中的飛瀑

　　王維生於公元 701 年，卒於 761 年，創作詩畫時期，正是敦煌經變畫的鼎盛時期。建於唐朝大歷十一年（776）的第 148 窟，是盛唐後期規模較大的洞窟，內存那些巨型經變畫，山水畫的藝術具有高超的水準，山水、人物故事情節完整地結合起來。〔註11〕建於唐代，約西元 706 年（當時王維才五歲）的第 217 窟南壁西側，是根據《法華經・化城喻品》繪製的山行圖。圖中危崖聳立，有二人騎馬，兩山之間，一道飛瀑洶湧而下，山下的旅客被大自然的奇景吸引而駐馬觀賞。山的另一邊，有三人，因長途拔涉，疲憊不堪，一人牽馬，一人倒臥在地上，一人在水邊，欲飲山泉。旅客向一座西域城堡走去，路旁桃李花開，春光明媚（見本書末附錄圖十）。〈化城喻品〉本是敍述一群人往一寶地，路途遙遠險惡，既多毒蛇，水草又疏，眾人走了很久，苦於道路險阻，突有一導師出現，以神力化現一座城池，讓眾人

〔註9〕　同註8，頁 123。
〔註10〕　同註8，頁 124。
〔註11〕　同註8，頁 83。

休息，然後再走向彼岸。可見畫師很有創意，創造出純自然的圖象，尤其急流而下的瀑布，令人感到充滿生機與希望。〔註12〕遠古人類崇拜自然的特異現象，瀑布就常被當作法力的顯示。在唐代自然象徵的密碼語言裡，〔註13〕如僧虛中的《流類手鑑》就引馬戴的詩「廣澤生明月，蒼山夾亂流」說：「蒼山比國，亂流比君。」這裡的亂流就是瀑布，它是河海之源頭，所以比作一國之君。在賈島《二南密旨》裡，「泉聲溪聲，比賢人清高之譽也」。可見瀑布象徵天地間的希世之音，它是佛法的顯示。〔註14〕

同樣與《法華經‧化城喻品》相關的，建於盛唐的第 103 窟，也有類似的作品。這裡拋開了化城的故事情節，專注表述山水景物。畫面描繪在山崖下，有兩組畫面，各有一行四人在山澗行進，牽著一馬一象，在泉水邊駐足，飛流而下的瀑布，畫得非常生動，僧侶仰首向山崖的瀑布膜拜。〔註15〕僧侶在深山峻嶺參拜瀑布，很明顯說明在山水畫中，瀑布取代了讓眾人前往取寶途中休息的城池。眾人走入城池休息後，繼續趕路；可見瀑布具有佛的顯靈，以神通廣大力量化現的，是那座城池，是引導眾生走往彼岸的中轉站。

如第 103、217 窟的山水畫，瀑布是構成敦煌山水畫的要素，與山峰、河流、樹木相互搭配，遠處還有草木茂盛、桃李花開。王維的〈畫學祕訣〉也把瀑布列為山水的重要命脈，「山崖合一水而瀉瀑，泉不亂流」、「石壁泉塞」及「一水通而瀉瀑，泉可亂流」。〔註16〕水在傳統山水畫中不可少，是天地的血液，萬物生命創造的泉源；它是純潔的，要不斷循環奔流。在佛教裡，它是那座城池，是引導走往彼岸的力量。王維有關佛教的山水詩，常常出現瀑布的意象，如〈送方

〔註12〕同註8，圖見頁96～106，217 窟，圖編號76～86。

〔註13〕參考本書第五章〈王維密碼詩學〉。

〔註14〕見顧龍振編《詩學指南》（臺北：廣文書局，1970），卷四，頁 119。

〔註15〕《山水畫卷》，頁 107～109。

〔註16〕見〈論畫三首〉，清‧趙殿成箋注《王右丞集箋注》（上海：上海古籍出版社，1984 年 6 月新 1 版），頁 489～492。

尊師歸嵩山〉：

> 仙官欲往九龍潭，旌節朱旛倚石龕。
> 山壓天中半天上，洞穿江底出江南。
> 瀑布杉松常帶雨，夕陽彩翠忽成嵐。
> 借問迎來雙白鶴，已曾衡嶽送蘇耽。

詩中寫送別方道士長途跋涉到湖南的嵩山東峰的龍潭。九潭相接，其深莫測，波濤洶湧，登者生畏。方道士途中也遇見瀑布，「瀑布杉松常帶雨，夕陽彩翠忽成嵐」，這首詩也有《法華經・化城喻品》的經變畫的結構：信徒長途跋涉、途中疲憊，遇到佛顯靈，以神通廣大的力量化現一座城池（瀑布），給信徒休息。

王維另一首〈留別山中溫古上人兄並示舍弟縉〉，表面上與「化城喻品」的結構毫無關係，剛好相反，王維是要告別山中的和向溫古上人，並說明要上京做官。但是當王維想起，之前朝廷小人當道、社會動亂，自己隱居山中，與僧侶同遊，最快樂的日子是面向瀑布的時候：「好依盤石飯，屢對瀑泉歇。」所以，瀑布具有象徵的精神意義。不管在長途跋涉辛苦的路上，還是人生漫長的生活中，都要看見瀑布，精神才得安寧。王維〈韋侍郎山居〉詩中，韋侍郎的山居，每天都朝拜瀑布，有「閑花滿巖谷，瀑水映杉松」之句：

> 幸忝君子顧，遂陪塵外蹤。
> 閑花滿巖谷，瀑水映杉松。
> 啼鳥忽臨澗，歸雲時抱峰。
> 良游盛簪紱，繼跡多夔龍。
> 詎枉青門道，故聞長樂鐘。
> 清晨去朝謁，車馬何從容。

另一首〈同盧拾遺過韋給事東山別業二十韻給事首春休沐維已陪遊及乎是行亦預聞命會無車馬不果斯諾〉，也每天朝拜瀑布，請看下面四句：

> 采地包山河，樹井竟川原。
> 巖端迴綺檻，谷口開朱門。
> 階下群峰首，雲中瀑水源。
> 鳴玉滿春山，列筵先朝暾。

即使王維的〈送梓州李使君〉詩中，王維送友人到四川梓州做官，也想像朋友在巴蜀山水長途跋涉中遇上瀑布：

> 萬壑樹參天，千山響杜鵑。
> 山中一夜雨，樹杪百重泉。
> 漢女輸橦布，巴人訟芋田。
> 文翁翻教授，不敢倚先賢。

遠古人類崇拜原始現象，王維在故鄉或遠行途中，瀑布的出現，有安樂和祝福的象徵意義。

四、敦煌經變畫與王維山水詩中的「長河落日圓」

　　敦煌壁畫第 172 窟，建於盛唐〔註17〕（713～766），其中的〈觀無量壽經變畫〉，以山水景物組織畫面，描繪一望無際的原野風景：曲折的流水、兩岸高山、樹木花草，加上江河蜿蜒奔流，與圓圓的落日，形成氣勢遼闊的自然風光。圖中韋提希夫人手持香爐，席地而坐，視線向著落日（見書末附錄圖一）。另幅題名〈日想觀〉的經變畫（見書末附錄圖十一），是莫高窟第 172 北壁東側的畫。〔註18〕再另一幅，出自也是建於盛唐時的第 320 窟，圖中韋提希夫人在菩提樹下向著遙遠的太陽膜拜，夕陽開始沉落暮色的河面（見書末附錄圖十二）。〔註19〕任何人看了這些畫，馬上想起王維的〈使至塞上〉「長河落日圓」的景象：

> 單車欲問邊，屬國過居延。

〔註17〕玄宗開元元年（713）至代宗大曆元年（766），共五十多年，是為盛唐。
〔註18〕見《山水畫卷》，頁 142～143。
〔註19〕見《山水畫卷》，頁 145。

> 征蓬出漢塞，歸雁入胡天。
> 大漠孤烟直，長河落日圓。
> 蕭關逢候騎，都護在燕然。

還有〈齊州送祖三〉的「天寒遠山淨，日暮長河急」：

> 相逢方一笑，相送還成泣。
> 祖帳已傷離，荒城復愁入。
> 天寒遠山淨，日暮長河急。
> 解纜君已遙，望君猶佇立。

唐玄宗開元二十五年（727）三月，河西節度使崔希逸大破吐蕃，王維時任監察御史，受朝廷的派遣，從長安出發前往涼州宣慰。第一首詩的「長河落日圓」引起很多學者的討論。首先爭論的，長河是黃河還是古居延的內蒙額濟納河？第二首的長河確定是黃河，因送別地點在河南的齊州。〔註 20〕有學者指出，西北如敦煌附近當年就能找到這種景觀，只是現在乾旱，沒有洶湧的流水了。趙聲良引述第 148 窟碑文，唐代莫高窟附近有過「左豁平陸，目極遠山，千里長河，波映重閣」的景色。〔註 21〕至於「落日圓」，是否指落日的倒影在水中？還只是說遠方一條長河，河的盡頭上空有一個落日、落日不一定在河裡？本書第六章〈王維遠近法詩學〉曾推測，如「長河落日圓」展現的是一個平面化的，消除距離的景象：在大沙漠上，長河（不一定是黃河，可能是敦煌附近已經乾枯了的大河）的流水蜿蜒而去，由於在視線以下，出現在畫面上，愈遠就愈高，而落日在視線以上，愈遠就愈低，遠遠看去，落日好像掉在河水裡。〔註 22〕王維在「日想觀」詩學下創造的落日，很多都是通過遠近法的視野見到的，如〈輞川閒居贈裴秀才迪〉的「渡頭餘落日，墟里上孤煙」、

〔註 20〕參考尚永亮〈長河與王維《使至塞上》中的幾個問題〉，《長江學術》
第 7 輯（2005 年 1 月），頁 173～175。
〔註 21〕《山水畫卷》，頁 124～125。
〔註 22〕見本書第六章〈王維遠近法詩學〉。

〈齊州送祖三〉的「天寒遠山淨，日暮長河急」。本書第七章〈王維立體詩學〉也說過，「長河落日圓」是將不同角度的視象結合在同一個形象上，這種繪畫立體藝術，所謂「共時性視象」的語言，也常出現在王維的山水詩中。

王維的落日，不但有《觀無量壽經》「日想觀」的宗教哲學內涵，通過觀察落日的感想，達到對佛國境界的領悟，即使孤煙，是寫實，但它常與落日一起出現，象徵意義大於寫實。上面提到的那幾幅「日想觀」經變圖（見書末附錄圖一、十一及十二）與另一幅題名〈宮牆外的山水〉〔註23〕（書末附錄圖十三）都有「長河落日圓」的景象。這幅壁畫出自第320窟，有關佛降臨爲韋提希夫人說法。原野大河的盡頭，有一輪落日，佛的半身像與落日重疊，代表佛在太陽中，而長河上那一縷煙，從西飄向落日，直上天空，代表佛法無邊而永在。這一縷煙，常出現在敦煌的壁畫上，與長河同時展現。從王維詩中的孤煙意象，如〈和使君五郎西樓望遠思歸〉的「惆悵極浦外，迢遞孤烟出」、〈青龍寺曇壁上人兄院集〉的「渺渺孤烟起，芊芊遠樹齊。青山萬井外，落日五陵西」、〈田園樂〉的「山下孤烟遠村，天邊獨樹高原。一瓢顏回陋巷，五柳先生對門」，可體會佛法的存在，這些地方之所以和平安寧，那是進入佛國的淨土世界。

看過敦煌壁畫中的長河落日，比較過王維山水詩與〈觀無量壽經變畫〉中的落日，〔註24〕不禁要問，誰纔是「長河落日圓」的複製人？是王維還是經變畫的畫家？敦煌壁畫第172或320窟都建於盛唐，王維生活在這段期間，雖然寫了很多塞外的詩篇，除了〈使至塞上〉明確寫於727年，其他詩篇及王維在敦煌的其他時間都不明確，因此無法論斷是王維影響了敦煌的畫家，還是王維受了敦煌經變畫的影響，還是互相影響？這些問題恐怕永遠沒有答案。但是，佛教的想像與哲理應該是王維山水畫與詩學的審美基礎。

〔註23〕《山水畫卷》，頁144。
〔註24〕見本書第八章〈王維日想觀詩學〉。

　　王維詩中的落日原型，可分成兩種。如果是唐代詩歌的落日原型，依唐代詩歌的密碼結構，如僧虛中的《流類手鑑》，「殘陽落日，比亂國也」，﹝註25﹞落日應該比暗時，國家將亡，生命將盡。根據《觀無量壽經》的原型，通過觀察自然的景物如日、水、冰、樹等，是修行的方法，從而思考，由此達到對佛國境界的領悟。「日想觀」，即面向西方，朝拜落日，那是通過觀照落日，進而使意念進入佛國的淨土世界。﹝註26﹞

五、王維經變詩學的建立

　　翻閱趙聲良主編的《山水畫卷》與施萍婷主編的《阿彌陀經畫卷》，會驚訝發現，王維詩的意境與敦煌的經變畫中的景物怎麼這樣相似？無數的落日、深山旅途中的瀑布、旅人在山中的行進圖，都如出一轍，兩書編者的經變畫標題與說明文字很多是王維的詩句。如〈長河落日〉，出現在《山水畫卷》圖 119、121、122。﹝註27﹞〈寶雨經變圖〉由該書編者命名爲〈山間耕牧〉（見書末附錄圖九），山巒起伏、牛在河邊飲水、農人忙著收割，看了不禁想起王維的〈輞川別業〉：

　　　　不到東山向一年，歸來纔及種春田。
　　　　雨中草色綠堪染，水上桃花紅欲然。
　　　　優婁比邱經論學，傴僂丈人鄉里賢。
　　　　披衣倒屣且相見，相歡語笑衡門前。

以及〈新晴晚望〉：

　　　　新晴原野曠，極目無氛垢。
　　　　郭門臨渡頭，村樹連溪口。
　　　　白水明田外，碧峰出山後。
　　　　農月無閒人，傾家事南畝。

﹝註25﹞顧龍振編《詩學指南》，卷四，頁 118。
﹝註26﹞《山水畫卷》，頁 125。
﹝註27﹞《山水畫卷》，頁 142～146。

還有〈田園樂〉及其他農村詩也很相似。前面談過的莫高窟第 217 窟《法華經・化城喻品》裡的膜拜瀑布圖，周圍原野河邊桃花盛開，在青綠山水裡形成萬綠叢中一點紅的效果。〔註28〕另一「化城喻品」經變畫，題名〈春山踏青〉（見書末附錄圖十四），顯示山澗水流邊桃花盛開，可惜原畫的色彩剝落，不能突出「水上桃花紅欲然」的詩境。〔註29〕

　　這又使人想起王維詩中的桃花，如〈桃源行〉「漁舟逐水愛山春，兩岸桃花夾古津」、〈輞川別業〉中的「雨中草色綠堪染，水上桃花紅欲然」。本書第一章〈王維桃源行詩學〉論證，桃花象徵不受破壞的原始大自然與人間仙境。〈田園樂〉的世界是「採菱渡頭風急，策杖村西日斜。杏樹壇邊魚父，桃花源裡人家」，〈桃源行〉是「漁舟逐水愛山春，兩岸桃花夾古津，坐看紅樹不知遠，行盡青溪不見人」、「春來遍是桃花水，不辨仙源何處尋」。王維自己的輞川別墅，如〈輞川別業〉所描繪，也是桃花四處：「不到東山向一年，歸來纔及種春田。雨中草色綠堪染，水上桃花紅欲然。」他與朋友相約都要回歸有桃花的大自然：「安得舍塵網，拂衣辭世喧。悠然策藜杖，歸向桃花源。」（〈口號又示斐迪〉）

　　由於王維個人與歷史資料的缺乏，恐怕無法肯定王維有沒有受過敦煌壁畫的影響。但是，有一點是非常肯定的，正如本書第八章〈王維日想觀詩學〉說的，王維詩中的夕陽、落日，與上面討論的瀑布，足以說明佛教，通過其經典著作、變文、經變畫，對大自然景物的美學建構，尤其魔幻現實的景象，以至唐代詩歌的內容，帶來深度的哲學意境及宗教的想像，成為唐代詩歌表現的媒介。即使以排斥佛教作為政治意識形態的韓愈，也沉醉於宗教的想像，創作出荒誕虛幻、脫離現實生活的詩境。同樣重要的，正如本書第二章〈王維青綠山水詩學〉討論過的，盛唐青綠山水從中原傳去，敦煌的畫師受了內地山水審美意識的影響，把西北風光青綠化了，甚而移植內地風光到西北的風光去。敦煌本土藝術

〔註28〕同註 27，頁 102～104。
〔註29〕同註 27，頁 105。

影響中原的詩人畫家，王維是經變畫家。對唐代詩歌與繪畫的建構，都有重要的貢獻，可從經變畫去解讀王維的山水田園想像。

第十章　王維景物空間移動詩學

一、山水、攝影、敦煌壁畫、佛教：越境跨界的新想像

　　蘇珊・桑塔格（Susan Sontag，1933～2004）在《論攝影》（*On Photography*）中，以敏銳的洞察力對照片圖像作出精彩的分析。我特別感興趣的是有關照片對學術研究的可能帶來的貢獻。從照片中，就如古老的圖像中可獲取知識，照片能使人們在想像中擁有飄渺的過去。照片傳授給我們一種新的直觀的符號，它改變並拓展了我們腦中哪些值得一看以及那些我們有權觀看的概念。對於靜止的照片來說，圖像本身就是件實物，它是人們擁有的關於過去和現在的世界面貌的大部分知識的來源。敦煌壁畫，就如其他繪畫，便是古老的直觀表現世界的平面藝術類型，正是認識世界的一種方式。我一九九三年曾親自到敦煌石窟觀看壁畫，但由於匆忙，沒時間做出分析，認識不深，一直到看見照片，才聯想起王維的山水詩學意象空間移動的越境跨界的可能性。〔註1〕

　　蘇珊・桑塔格開玩笑的說，從一八七一年六月巴黎員警利用照片提供證據協助辦案，世界便開始利用照片提供證據，那些我們聽說過卻不相信的事物，一旦出示了照片，其真實性似乎就得到了證明。照

〔註1〕Susan Sontag，*On Photography*（New York: Anchor Books, 1990）。

片是對事物的真實再現這一推斷，使所有的照片都具有權威性。〔註2〕
所以本文也企圖利用照片辦案，一宗至今還無法下判的山水詩與敦煌
壁畫的關係的公案。

在人類文化的創造發展過程中，「空間移動（mobility）」可視為一
種推動文明的動力。很早從二十世紀初，空間論述，再加上文化，已成
為文化地理論述，給空間文化的學術帶來新領域。空間為地理學所獨
霸，〔註3〕就如「時間」研究的屬於歷史學。1970 年代末期，開始有了
轉變，由於受到後現代主義思潮的啟蒙，愈來愈多的人文及社會科學學
者，譬如傅柯（Michel Foucault,1926～1984）的《知識的考掘》（1969），
開始重視空間與人及其組織的交互關係，〔註4〕也因此空間這個研究議
題漸漸打破學科之間固有藩籬，成為學科間對話的橋樑。空間移動的越
境、跨界，也就成為身體、物質跨越與心靈想像突破的活動。

「空間移動」（mobility）在作家創作上經驗既是破壞也是創造，
是一種推動新文明、新幻想的動力。空間界域的移動跨越，不止於時
間、地理的轉換與跨越，包括文化、思維、與想像的區域。比如苦難
重重的跨越沙漠、叢林、河流、語言與文化，轉移到中國以後的印度
佛教文明，對中華文化發展與創新造成巨大的影響，但是過去我們主
要從文化的大問題大方向考察，瞭解如何引發了中華文化中的信仰與
精神生活的衝擊、大變動和轉向。〔註5〕過去學者都注意到中原的作
家如王維走出長城，走進西北大沙漠，身體的移動引發外在風景的轉
換，但較少注意內心心靈想像的突破。〔註6〕本文嘗試觀察王維詩歌

〔註2〕同註1。

〔註3〕Mike Crang，*Cultural Geography*（London: Routledge,1998），中文
翻譯，見王志弘、余佳玲、方淑惠譯《文化地理學》（臺北：巨流
圖書，2004）。

〔註4〕Michel Foucault，*The Archaeology of Knowledge.* Trans. A. M. Sheridan
Smith（London and New York: Routledge，2002）中譯本見米歇·傅
柯著，王德威譯《知識的考掘》（麥田出版，1993）

〔註5〕如湯用彤《漢魏兩晉南北朝佛教史》（臺北：臺灣商務印書館，1962）。

〔註6〕如皮述民《王維新探》（臺北：聯經，1999），頁 77～102。

中意象空間移動的越境、跨界，如從立體的景物進入平面的繪畫，再從線條色彩轉移進入語言文字的媒體，從現實生活景象升華為精神境界，甚至有形無形、外在或內在，這樣多樣空間移動，也就成為現實生活經驗與景物的跨越與成為精神宗教與心靈想像突破。〔註7〕

　　陳允吉在〈王維「雪中芭蕉」寓意蠡測〉中指出，宋代的《宣和畫譜》所載當時御府所藏王維一百二十六幅畫中，有一半是表現佛教題材。〔註8〕他以王維遺失的名畫〈袁安臥雪圖〉，又簡稱〈雪中芭蕉〉為例，考證東漢袁安臥雪的歷史故事如何將佛教傳奇中有關雪山童子，不顧虛空之身，求成佛道的故事，與佛教雪中芭蕉的意象有機的統一在一起，創造一幅具有神異想像的繪畫。東漢袁安臥雪的故事原本與佛教毫無關係，但落在深受佛教文化影響的王維手中，為了表現佛教的寓言如芭蕉虛空之身的人，在雪中可以求成佛道，他把雪中芭蕉超越歷史現實的魔幻意象畫出來。〔註9〕下圖相傳是十七世紀畫家模擬王維的〈雪中芭蕉〉：〔註10〕

〔註7〕關於運用移動空間理論研究中國文化/文學，許倬雲很早就用在研究先秦社會文化上，Cho-yun Hsu, *Ancient China in Transition: An Analysis of Social Mobility,* 722-222 B.C.（Stanford: Stanford University, 1965），最近大規模的使用者理論架構來研究中國文化社會與歷史，參考 2008 年 3 月 26～28 日臺北漢學研究中心舉辦的「空間移動之文化詮釋國際學術研討會」的論題及大綱 http://ccs.ncl.edu.tw/ccs/conference2007/Abstract.htm。

〔註8〕宋代，不著撰人，元大德六年（1302）吳文貴杭州刊本。是中國藏畫專書的原始。全書分：道釋、人物、宮室、番族、龍魚、山水、畜獸、花鳥、墨竹、蔬菜等十門，釐為二十卷，收自至宋畫家二三一人，畫六三九六軸，其中卷十二山水門第三，還曾及於日本國的畫。書成於宣和二年（1120），作者已無法詳考，推測是臣下修纂，進呈乙覽後，再經過宋徽宗筆削點定，所以雖雜出眾手，但全書辭氣如一。

〔註9〕陳允吉〈王維「雪中芭蕉」寓意蠡測〉，《古典文學佛教溯緣十論》（上海：復旦大學出版社，2002），頁 67-80。在敦煌莫高窟 431（初唐）、112（中唐）的經變圖都有芭蕉的出現，可見南方生長的植物常出現在西北山水中。趙聲良主編的《山水畫卷》（香港：商務印書館，2002），頁 80 及 175。

〔註10〕"Bananas in the Snow," Friedrich Hirth ,Scraps from a Collector's

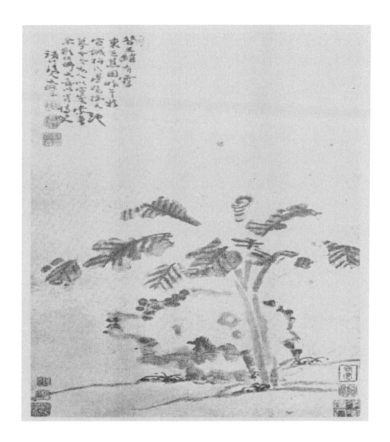

　　當我細心觀賞敦煌唐代經變壁畫，〔註11〕不管是敘事性的經變
畫中的青綠山水，還是淨土圖式經變畫中的青綠山水，時時出現王

Notebook （New York:G. E. Stechert & Co, Reprint, 1924,pp.136.作者
說他在1893年獲得該畫，並說是十七世紀畫家Tau Tsi 所繪。見Lewis
Calvin and Dorothy Brush Walmsley, *Wang Wei the Painter-Poets*
（Tokyo: Charles E. Tuttle Co.1968）。
〔註11〕敦煌研究院主編《敦煌石窟全集》（香港：商務印書館，1999～2005）。
　　　由於本論文篇幅有限，論述主要根據第18集，趙聲良主編的《山水
　　　畫卷》（香港：商務印書館，2002）及施萍婷主編的《阿彌陀經畫卷》
　　　（香港：商務印書館，2002）。關於敦煌石窟全集（包括總卷《再現
　　　敦煌》及專題卷25卷，分為佛教、藝術、社會三類）莫高窟的歷史
　　　及其它介紹見敦煌研究院網頁，http://www.dunhuangcaves.com；
　　　http://www.dha.ac.cn/default.htm

維的山水中重要的意象。譬如莫高窟第 68、172、320 等窟，跟觀無量壽經變有關「未生怨」與「日想觀」的自然山水，處處使我想起長河、落日、山澗觀瀑等意象。由於數位典藏敦煌壁畫的出現，〔註12〕圖像與文字呈現的山水意象可具體排列對比，同時放在桌面進行解剖分析，因此本文企圖從王維詩中與敦煌經變畫中常出見的觀瀑、孤煙、長河、落日、耕牧、桃花等重要山水意象，建立王維山水詩的一種新解讀詩學。　譬如以觀無量壽經變壁畫有關「日想觀」的落日與長河的圖畫景象，與〈使至塞上〉的「大漠孤煙直，長河落日圓」，〈齊州送祖三〉的「天寒遠山淨，日暮長河急」、〈奉和聖制送不蒙都護兼鴻臚卿歸安西應制〉「落日下河源，寒山靜秋塞」等文字景象，互相參照來解讀，將對王維的山水詩帶來新興趣與見解。

二、王維山水中的飛瀑：現實生活圖像進入佛教崇拜 空間之後

　　我在一九九三年曾訪問王維（701～761）晚年隱居的藍田縣輞川別墅，雖然王維已逝世一千二百三十二年，別墅的建築早已全部消失，連殘存的基石也被挖走，但山河仍在。當我站在相信王維手植的銀杏樹的那個山崗上向四面遠眺，本書末附錄的第十六圖就是我所看見的景物。

　　王維〈輞川集〉二十首組詩所描繪輞川山谷景物，雖然孟城坳、文杏館、竹里館、臨湖亭的實體建築湮滅了，但華子岡、斤竹嶺、欹湖的地理形狀，似乎還歷歷可見。欹湖、南宅、臨湖亭諸詩所描寫的湖水雖然幾乎乾枯了，湖水、小舟、客人與對面的人家也消失在歷史中，但是〈臨湖亭〉、〈南垞〉、〈欹湖〉詩中出現的輕舸、上客、南北湖岸的人家、夕陽、蕭聲、夫君，這些所構成的王維永恆的詩境，仍然歷歷在目：

〔註12〕http://www.dunhuangcaves.com；http://www.dha.ac.cn/default.htm

> 輕舸迎上客，悠悠湖上來。
> 當軒對樽酒，四面芙蓉開。（〈臨湖亭〉）
> 輕舟南垞去，北垞淼難即。
> 隔浦望人家，遙遙不相識。（〈南垞〉）
> 吹簫凌極浦，日暮送夫君。
> 湖上一迴首，山青卷白雲。（〈欹湖〉）

上面這幅隨手拍下的照片，具體有力的說明王維文字繪畫技巧的高超。

當我在王維的藍田縣輞川別墅流連忘返，陶醉在輞川別墅眞實風景與王維想像的景物之中，一棵眼前銀杏樹使我想起〈送梓州李使君〉那首送友人到四川梓州做官的詩。這是一棵千年老樹，可能就是文杏館的所在，因爲地理位置很高，正如〈文杏館〉一詩所描寫：

> 文杏裁爲梁，香茅結爲宇。
> 不知棟裏雲，去作人間雨。

過去學者都說〈送梓州李使君〉寫王維想像朋友在巴蜀山水長途跋涉中，其實我認爲前四行應該是在輞川別墅惜別場景的寫眞，至少原始的圖像來自輞川，當然進入詩境之後，現實生活往往被提升入另一個境界，始終來自不同的經驗，被融化成一體，再產生超越現實面、文字表面的意義，所以後四行才是遙想在巴蜀：

> 萬壑樹參天，千山響杜鵑。
> 山中一夜雨，樹杪百重泉。
> 漢女輸橦布，巴人訟芋田。
> 文翁翻教授，不敢倚先賢。

其中「山中一夜雨，樹杪百重泉」兩句詩的視覺，似乎是錯覺的，怎麼樹枝上有泉水奔流而下呢？原來山中下了一整夜的大雨，泉水形成瀑布從山崖激流而下，從很遠的地方望去，王維與瀑布之間有樹木，他是透過樹枝的空間看見瀑布。王維作爲一個畫家與詩人，不會以理性語言文字描述：我透過樹林（枝）的空隙，看見遠處的瀑布從山崖

激流而下。他以畫家手法，把景物平面化，即把景物畫在平面的宣紙上，視野就如透過玻璃所見，把複雜的景物濃縮簡化，改科學的語言爲神話的語言「樹杪百重泉」。取消樹木與山泉之間的距離，泉水看起來就緊貼在樹枝上，這樣便形成瀑布在樹枝之間奔流的視覺，平凡的景象神話化了，生活就變成詩。這就是費諾羅薩（Ernest Fenollosa，1853～1908）與龐德（Ezra Pound，1885～1972）的「漢字詩學」所說：「詩歌、文字、往往與神話一起誕生成長」（poetry, language, and the care of myth grew up together）。〔註13〕1999 年 5 月 22 日，我實地考察了藍田王維的輞川別墅遺址，在我拍的照片中，一棵銀杏樹呈現「山中一夜雨，樹杪百重泉」的景象，本書末附錄的第十五圖就是我所看見的景物。學者相信這株銀杏樹爲當年王維親手所植。透過樹枝，呈現清楚可見山壁上下雨時所形成瀑布沖流而下的痕跡。樹與山距離很遙遠，大約半公里多，中間有一個很大的山谷，可是在平面的照片上，沒有了距離，樹木好像緊貼山崖。由於與「山中一夜雨，樹杪百重泉」描寫的很相似，這是不是就是王維當年所見的情景呢？這幅隨手拍下的照片，具體又強有力的說明王維文字繪畫技巧的高超，而詩中的落日與飛瀑從現實日常生活空間進入宗教信仰的空間，空間界域的移動跨越，創造出驚人的新境界。

　　王維生於西元 701 年，卒於 761 年，創作詩畫時期，正是敦煌經變畫的鼎盛時期。建於唐朝大歷十一年（西元 776）的第 148 窟，是盛唐後期規模較大的洞窟，內存那些巨型經變畫，山水畫的藝術具有高超的水準，山水、人物故事情節完整地結合起來。〔註14〕建於唐代，

〔註13〕 The Chinese Written Character as a Medium for Poetry, by Ernest Fenollosa: *An Ars Poetica*（With a Foreword and Notes by Ezra Pound）（London: Nott, 1936），見 Karl Shapiro（ed.）, *Prose Keys to Modern Poetry*（New York: Harper & Row1962），pp.146.參考本書第四章〈王維漢字語法詩學〉。

〔註14〕 趙聲良主編的《山水畫卷》（香港：商務印書館，2002），頁 83。這是敦煌研究院主編《敦煌石窟全集》（香港：商務印書館，1999～2005）的第 18 集。

約西元 706 年（當時王維才五歲）的第 217 窟南壁西側，是根據《法華經・化城喻品》繪製的山行圖。圖中危崖聳立，有二人騎馬，兩山之間，一道飛瀑洶湧而下，山下的旅客被大自然的奇景吸引而駐馬觀賞。山的另一邊，有三人，因長途跋涉，疲憊不堪，一人牽馬，一人倒臥在地上，一人在水邊，欲飲山泉。旅客向一座西域城堡走去，路旁桃李花開，春光明媚（見本書末附錄第十圖〈山澗行旅〉）。

〈化城喻品〉本是敍述一群人往一寶地，路途遙遠險惡，既多毒蛇，又疏水草，眾人走了很久，苦於道路險阻，突有一導師出現，以神力化現一座城池，讓眾人休息，然後再走向彼岸。可見畫師很有創意，創造出純自然的圖象，尤其急流而下的瀑布，令人感到充滿生機與希望。﹝註15﹞遠古人類崇拜自然的特異現象，瀑布就常被當作法力的顯示。在唐代自然象徵的密碼語言裏，﹝註16﹞如僧虛中的《流類手鑑》就引馬戴的詩「廣澤生明月，蒼山夾亂流」說：「蒼山比國，亂流比君也。」這裡的亂流就是瀑布，它是河海之源頭，所以比作一國之君。在賈島《二南密旨》裏：「泉聲溪聲，比賢人清高之響也」，可見瀑布象徵天地間的希世之音，它是佛法的顯示。﹝註17﹞

同樣與《法華經・化城喻品》相關的，建於盛唐的第 103 窟，也有類似的作品。這裡拋開了化城的故事情節，表述山水景物。畫面描繪在山崖下，有兩組畫面，各有一行四人在山澗行進，牽著一馬一象，在泉水邊駐足，飛流而下的瀑布，畫得非常生動，僧侶仰首向山崖的瀑布膜拜。﹝註18﹞僧侶在深山峻嶺參拜瀑布，很明顯說明在山水畫中，瀑布取代了讓眾人前往取寶途中休息的城池。眾人走入城池休息後，繼續趕路；可見瀑布具有佛的顯靈，以神通廣大力量化現的，是

﹝註15﹞ 同註14，圖見 96～106，217 窟，圖編號 76-86。
﹝註16﹞ 見本書第五章〈王維密碼詩學〉。
﹝註17﹞ 顧龍振編《詩學指南》（臺北：廣文書局，1970），頁 80～119。
﹝註18﹞ 《山水畫卷》，107～109。

那座城池，是引導眾生走往彼岸的中轉站。

　　如第103、217窟的山水畫，瀑布是構成敦煌山水畫的要素，與山峰、河流、樹木、相互搭配，遠處還有草木茂盛、桃李花開。王維的〈畫學祕訣〉也把瀑布列為山水的重要命脈：「山崖合一水而瀉瀑，泉不亂流」、「石壁泉塞」及「一水通而瀉瀑，泉可亂流」。〔註19〕水在傳統山水畫中不可少，是天地的血液，萬物生命創造的泉源；它是純潔的，需要不斷循環奔流。在佛教裏，它是那座城池，是引導走往彼岸的力量。王維有關佛教的山水詩，常常出現瀑布的意象，如〈送方尊師歸嵩山〉：

> 仙官欲往九龍潭，旌節朱旛倚石龕。
> 山壓天中半天上，洞穿江底出江南。
> 瀑布杉松常帶雨，夕陽彩翠忽成嵐。
> 借問迎來雙白鶴，已曾衡嶽送蘇耽。

詩中寫送別方道士長途跋涉到湖南的嵩山東峰的龍潭。九潭相接，其深莫測，波濤洶湧，登者生畏。方道士途中也遇見瀑布，「瀑布杉松常帶雨，夕陽蒼翠忽成嵐」，這首詩也有《法華經‧化城喻品》的經變畫的結構：信徒長途跋涉、途中疲憊，遇到佛顯靈，以神通廣大的力量化現一座城池（瀑布），給信徒休息。

　　王維另一首〈留別山中溫古上人兄並示舍弟縉〉，表面上與「化城喻品」的結構毫無關係，剛好相反，王維是要告別山中的和尚溫古上人，並說明要上京做官。但是當王維想起，之前朝廷小人當道、社會動亂，自己隱居山中，與僧侶同遊，最快樂的日子是面向瀑布的時候：「好依盤石飯，屢對瀑泉歇。」所以，瀑布具有象徵精神的意義。不管在長途跋涉辛苦的路上，還是人生漫長的生活中，都要看見瀑布，精神才得安寧。王維〈韋侍郎山居〉詩中，韋侍郎的山居，每天都朝拜瀑布，有「閑花滿巖谷，瀑水映杉松」之句：

〔註19〕趙殿成箋注《王右丞集箋注》（上海：上海古籍出版社，1984年6月新一版），頁489～492。

> 幸忝君子顧，遂陪塵外蹤。
> 閑花滿巖谷，瀑水映杉松。
> 啼鳥忽臨澗，歸雲時抱峰。
> 良游盛簪紱，繼跡多夔龍。
> 詎枉青門道，故聞長樂鐘。
> 清晨去朝謁，車馬何從容。

另一首〈同盧拾遺過韋給事東山別業二十韻給事首春休沐維已陪遊及乎是行亦預聞命會無車馬不果斯諾〉，也每天朝拜瀑布，請看下面四句：

> 采地包山河，樹井竟川原。
> 巖端迴綺檻，谷口開朱門。
> 階下群峰首，雲中瀑水源。
> 鳴玉滿春山，列筵先朝暾。

即使王維的〈送梓州李使君〉詩中，王維送友人到四川梓州做官，也想像朋友在巴蜀山水長途跋涉中，遇上瀑布：

> 萬壑樹參天，千山響杜鵑。
> 山中一夜雨，樹杪百重泉。
> 漢女輸橦布，巴人訟芋田。
> 文翁翻教授，不敢倚先賢。

遠古人類崇拜原始現象，王維在故鄉或遠行途中，瀑布的出現，有安樂和祝福的象徵意義。

三、落日的空間移動：敦煌經變畫與王維山水詩中的「長河落日圓」

敦煌壁畫第 172 窟，建於盛唐〔註20〕（713～766），其觀無量壽經變的山水景物來組織畫面，描繪出一望無際的原野風景，河流曲折的流水，兩岸高山、樹木花草，加上大江大河蜿蜒奔流而去，與圓圓

〔註20〕玄宗開元元年（713）至代宗大曆元年（766），共六十多年，是爲盛唐。

的落日，形成氣勢遼闊的自然風光。請看這幅日想觀中韋提希夫人觀落日的情景。她手持香爐，席地而坐，視線向著落日（見本書末附錄第一圖〈長河落日〉）。再看本書末附錄的第十二圖〈長河落日圓〉，出自盛唐第 320 窟，圖中韋提希夫人在菩提樹下向著遙遠的太陽膜拜，夕陽開始沉入暮色的河面。任何人看了這些畫，馬上想起王維的〈使至塞上〉「長河落日圓」的景象：

> 單車欲問邊，屬國過居延。
> 征蓬出漢塞，歸雁入胡天。
> 大漠孤煙直，長河落日圓。
> 蕭關逢候騎，都護在燕然。

還有〈齊州送祖三〉的「天寒遠山淨，日暮長河急」：

> 相逢方一笑，相送還成泣。
> 祖帳已傷離，荒城復愁入。
> 天寒遠山淨，日暮長河急。
> 解纜君已遙，望君猶佇立。

王維在開元二十五年（727）三月，河西節度使崔希逸大破吐蕃時任監察御史，受朝廷的派遣，從長安出發前往涼州宣慰。第一首詩的「長河落日圓」引起很多學者的討論。首先爭論長河是黃河還是古之居延的內蒙額濟納河？第二首的長河是黃河是確定的，因送別的地點是在河南的齊州，〔註 21〕有學者指出，原來西北如敦煌附近當年就能找到這種景觀，只是現在乾旱，沒有了洶湧的流水了。趙聲良就引述了第148 窟碑文記載，莫高窟附近唐代的時候有過「左豁平陸，目極遠山，千里長河，波映重閣」的景色。〔註 22〕至於「落日圓」是否指落日的倒影在水中？還是只是說遠方一條長河，河的盡頭上空有一個落日？

〔註 21〕參考尚永亮〈長河與王維《使至塞上》中的幾個問題〉，《長江學術》第 7 輯，頁 173～175。
〔註 22〕趙聲良主編的《山水畫卷》，頁 124～125。

落日不一定在河裡？我在〈王維的遠近法詩學〉〔註23〕曾推測,「長河落日圓」展現的是一張平面化的,撤銷距離的景象:在大沙漠上,長河(不一定是黃河,可能只是已經乾枯的敦煌附近的大河)的流水蜿蜒而去,由於在視線以下,出現在畫面上,愈遠就愈高,而落日在視線以下,愈遠就愈低,因此遠遠看去,落日好像掉落河水裡。〔註24〕王維在日想觀詩學下創造的落日很多都是通過遠近法的視野所見,如王維的〈輞川閒居贈裴秀才迪〉詩中「渡頭餘落日,虛裡上孤煙」、〈齊州送祖三〉的「天寒遠山淨,日暮長河急」。

王維的落日不但具有《觀無量壽經》日想觀的宗教哲學內涵,通過觀察落日的感想思維,達到對佛國境界的領悟。即使孤煙,固然是寫實,但我想當它常常與落日一起出現時,也是從佛教的佛法象徵轉化而成,象徵意義大於寫實。本書末附錄的第十三圖〈宮牆外的山水〉,又可看見長河落日圖的景象。這幅壁畫出自唐代前期(618～781)第320窟,有關佛降臨為韋提希夫人說法。原野大河的盡頭,有一輪落日。佛的半身像與落日重疊,代表佛在太陽裡。而長河上那一縷煙,從西向落日的弟子,直上天空,代表佛法無邊而永在。這一縷煙,常出現在敦煌的壁畫上,而且與長河同時展現。所以我每看見王維詩中的的孤煙意象,如〈和使君五郎西樓望遠思歸〉的「惆悵極浦外,迢遞孤煙出。」〈青龍寺曇壁上人兄院集〉的「渺渺孤煙起,芊芊遠樹齊。青山萬井外,落日五陵西」、〈田園樂〉的「山下孤煙遠村,天邊獨樹高原。一瓢顏回陋巷,五柳先生對門」,我當然想起佛法的存在,這些地方所以和平安寧,那是進入佛國淨土世界。

看過敦煌的壁畫中的長河落日,比較過王維山水詩與觀無量壽經變畫中的落日,〔註25〕我不禁要問,誰纔是「長河落日圓」的複製人?王維還是經變畫的畫家?敦煌壁畫第172或320窟都建於盛唐,即西

〔註23〕見本書第五章〈王維密碼詩學〉。
〔註24〕見本書第六章〈王維的遠近法詩學〉。
〔註25〕見本書第八章〈王維日想觀詩學〉。

元 713～766 年間，王維也生活在這段盛唐期間，王維雖然寫了很多
塞外的詩篇，除了〈使至塞上〉明確寫於 727 年，其它詩篇及王維在
敦煌的其它時間都不明確，因此無法論斷是王維影響了敦煌的畫家？
還是王維受了敦煌經變畫的影響？還是相互影響？這些問題恐怕永
遠也無確定的答案。但是佛教的想像與哲理應該是王維山水繪畫與詩
學的審美基礎，因爲正如陳允吉的研究《古典文學佛教溯緣十論》所
證實，佛教式的想像成爲唐代詩歌表現的媒介。

　　王維詩中的落日原型，可分成兩種。如果是唐代的詩歌原型落
日，根據唐代詩歌密碼的結構，如僧虛中的《流類手鑑》，「殘陽落日，
比亂國也」，〔註26〕落日應該比暗時，國家將亡，生命將盡。但是根
據《觀無量壽經》的原型，通過觀察自然的景物如日、水、冰、樹等，
是修行的方法，進行思維，由此達到對佛的境界的領悟。日想觀，即
面向西方，朝拜落日，那是通過觀照落日，進而使意念進入佛國的淨
土世界。〔註27〕

四、結論：「經變」後的山水

　　研究王維的學者都注意到王維的邊塞詩大都創作於開元二十五
年到開元二十七年這段任涼州河西節度使判官的時間裏。王維現存的
詩歌有三百七十多首，其中涉及邊塞的有四十多首，約佔其總量的十
分之一。如〈使至塞上〉這首詩是詩人赴河西節度使幕途中所作。詩
中一開始就交待自己奉命前往涼州去慰問鎮守邊關的將士。緊接著詩
人描繪了塞外邊關荒涼的景象、塞上的戰爭風雲、詩人的悲涼心情以
及邊關將領的赫赫戰功。這只是發現王維詩歌在地理空間移動所帶來
的衝擊，如從中原青綠山水到塞外邊關沙漠荒涼的景象，創造出驚人
的新境界，這只是題材的改變。我以前從王維與敦煌壁畫的山水意象
比較，發現這種空間轉移所帶來的突變，不但是外在的景物，而是更

〔註26〕顧龍振編《詩學指南》，頁 118。
〔註27〕《山水畫卷》，頁 125。

深層的「經變」後的山水。〔註28〕佛教唯心的幻象繪畫,把複雜的事物形態、大自然千變萬化的現象、超現實與魔幻式的虛構與幻想,以及迷離恍惚的意境圖案化、怪異化了,都在王維的山水詩一一呈現出來。自然山水,經過這種「經變」想像與哲學化的美學過程,不管呈現在敦煌壁畫或是王維的山水詩中,不再是純自然的山水,山水經過宗教哲學、生離死別的人生的想像與思考,成爲一種藝術文化符號。

〔註28〕〈「經變」後的山水:王維與敦煌壁畫的山水意象〉,鍾雲鶯編《宗教‧文學與人生》(中壢:元智大學中國語文系,2006),頁 27~46。

附錄　圖片

附錄圖片十六張，在論述王維詩學中，充分說明與證實本書不少論點。

圖一：〈長河落日〉，盛唐莫高窟第 172 窟北壁東側

圖二：〈遠景山水〉，盛唐莫高窟第 323 窟北壁

圖三：〈千里江山〉，盛唐莫高窟第 323 窟北壁

圖四：李思訓《江帆樓閣圖》，現藏臺北故宮博物院

圖五：〈春山〉，盛唐莫高窟第 217 窟南壁西側

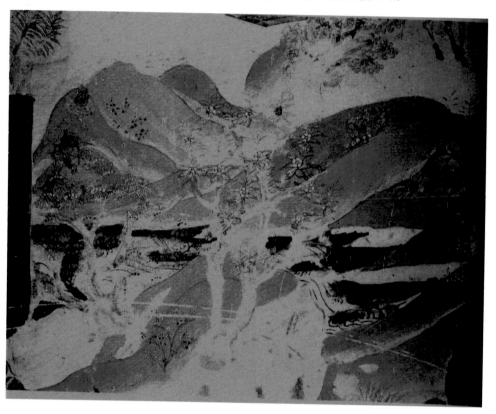

圖六：〈城外青山〉，盛唐莫高窟第 217 窟南壁西側

圖七：塞尚（Paul Cezanne,1839～1906）〈埃斯塔克的房子〉（Houses at L'Estaque,1908），典型立體派作品。

圖八：畢卡索〈亞維農的少女〉（Les Demoisellesd' Avinyo, 1907）

圖八：畢卡索〈亞維農的少女〉（Les Demoisellesd' Avinyo, 1907）

圖九：〈山澗牧耕〉，初唐敦煌莫高窟第 321 窟南壁

圖十：〈山澗行旅〉，盛唐敦煌莫高窟第 217 窟南壁西側

圖十一：〈日想觀〉，盛唐莫高窟第 172 窟北壁東側

圖十二：〈長河落日〉，盛唐敦煌莫高窟第 320 窟北壁

圖十三：〈宮牆外的山水〉，盛唐莫高窟第 320 窟北壁

圖十四：〈春山踏青〉，盛唐莫高窟第 217 窟南壁西側

圖十五：王維輞川別墅遺址的一棵銀杏樹（1993 年王潤華攝影）

圖十六：王維的輞川別墅風景（1993 年王潤華攝影）